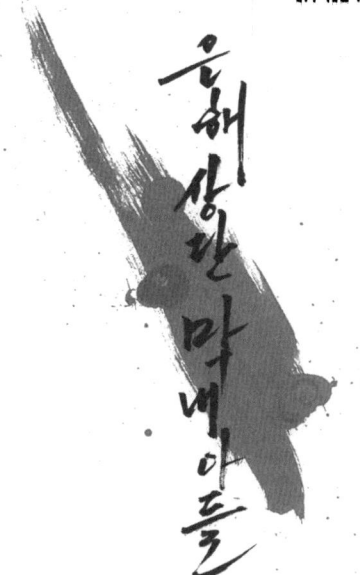

은해상단 막내아들 5

초판 1쇄 발행 2023년 10월 25일

지은이 ı 향란
발행인 ı 최원영
편집장 ı 이호준
편집디자인 ı 한방울
영업 ı 김민원

펴낸곳 ı ㈜디앤씨미디어
등록 ı 2002년 4월 25일 제20-260호
주소 ı 서울시 구로구 디지털로 26길 111 JnK디지털타워 503호
전화 ı 02-333-2513(대표)
팩시밀리 ı 02-333-2514
E-mail ı papy_dnc@dncmedia.co.kr
블로그 ı blog.naver.com/gnpdl7

ISBN 979-11-364-4825-5 04810
ISBN 979-11-364-4602-2 (SET)

※ 저자와 협의하여 인지는 붙이지 않습니다.
※ 이 책은 ㈜디앤씨미디어(파피루스)가 저작권자와의 계약에 따라 발행한 것으로 본사와 저자의 허락 없이는 어떠한 형태나 수단으로도 내용을 이용할 수 없습니다.

5

야란 신무협 장편소설

PAPYRUS ORIENTAL FANTASY

은혜상단 막내아들

PAPYRUS
파피루스

22장. 은진호, 실종되다 ············ 7

23장. 만결의선 ····················· 105

24장. 진호 형을 위한 선물 ······ 203

25장. 사천당가의 은인 ············ 259

22장. 은진호, 실종되다

은진호, 실종되다

나는 즉시 은월각으로 향했다.

은월각에 출입할 수 있는 자격이 있지만, 평소 잘 오지 않으시던 조부님도 나와 함께였다.

그곳에서 우리는 아버지와 정호 형에게 자초지종을 들을 수 있었다.

진호 형이 운남으로 상행을 떠난 건 유월 말.

돌아오고도 남을 시간이 되었는데도 오지 않아서 뭔가 이상하다고 생각하고 있을 때 운남에서 서신이 도착했다.

"운남에 상주하며 보이차 거래를 담당하는 우리 상단의 직원이 있다는 건 알지?"

"네, 압니다."

그곳에서 은해상단 직원이 순환 보직을 하면서 보이차 거래를 담당했다.

"곧 도착한다는 전갈을 받았는데 아무리 기다려도 오지 않아서 서신을 보낸 거지."

그제야 뭔가 일이 터졌음을 깨달았고, 즉시 창인표국에 이를 알렸다고 한다.

당연히 창인표국에서는 비상소집을 했다.

안 그래도 뭔가 이상하다고 생각하던 차였는데, 우리 상단에서 그쪽에 소식을 알린 것이다.

그 즉시 창인표국과 은해상단에서 사람을 꾸려 운남으로 보냈고, 그들이 오늘 막 돌아온 거다.

"그래서 진호가 포함된 일행이 실종되었음을 알게 된 것이냐?"

조부님의 물음에 아버지가 대답하셨다.

"네. 운남에 있는 을림객잔에 묶은 것까지는 확인이 되었습니다. 하지만 그 이후의 행적이 완전히 끊겨 버렸습니다."

을림객잔이라면 운남에 들어서서 빠르게 움직이면 두 번째, 일반적인 속도라면 세 번째로 묵는 객잔이다.

"그렇구나."

그리고 한숨을 내쉬셨다.

"내가 무어라 할 말이 없구나. 진호 어미를 잘 위로해 주거라."

"알겠습니다."

.
.
.

나는 문곡당으로 돌아왔다.

"도련님, 우선 씻으시는 게 좋을 듯합니다요."

"그래, 그래야지."

나는 팔갑이 준비해 놓은 따뜻한 물로 몸을 씻은 후, 곧바로 침상에 드러누웠다.

뭔가 마음이 이상했다.

진호 형이 실종되었다는 말이 거짓말처럼 느껴졌다.

내가 겪었던 이전의 삶에서는 진호 형이 실종되었던 적이 없었기에 이 충격이 더 크게 다가오는 것일지도 몰랐다.

내 기억에 의하면 이번 보이차를 위한 상행에 진호 형이 가지 않았으니까.

선일 형이 과거에 급제한 것을 축하하기 위해 진호 형이 조부님을 모시고 다녀왔었다.

하지만 내가 섬서성에 다녀오느라 진호 형이 보이차를 위한 상행에 가게 된 거다.

그럼 내 행동 때문에 일이 꼬여 버리면서 진호 형이 실종된 거라는 건데.

나는 입술을 깨물었다.

최대한 주변 사람들에게 피해를 주지 않으면서 미래를 바꾸겠다고 결심했는데.

그랬는데······.

상자 안에 담겨 있던 잘린 진호 형의 머리가 눈앞에 어른거렸다.

나만은 살려 달라고 빌었다던 진호 형의……

"도련님, 입맛이 없으셔도 오늘 저녁은 드셔야…… 흐 억! 도련님! 왜 입에서 피를 흘리시는 겁니까요?"

내 방에 들어온 팔갑이 호들갑을 떨며 얼른 손수건을 가져와 내 입술을 닦아 주었다.

쓰라렸다.

지금 실종된 진호 형이 어디서 어떤 고초를 당하고 있는지 모르는데, 고작 입술을 깨문 것이 쓰라리다니…….

내 표정이 무척 안 좋았나 보다.

팔갑이 나를 보며 말했다.

"제 아버지가 그러셨습니다요. 방 안에 처박혀서 이런 저런 생각만 하다 보면 사람이 이상해진다고요. 나가서 바람 좀 쐬시는 게 좋겠습니다요."

.

.

.

잠시 후.

나는 저잣거리에 나왔다.

팔갑의 말대로 바람을 쐬기 위해서였다.

방 안에서 고민만 하다가는 이상한 선택을 하게 될 것 같기도 했고.

하지만 그렇게 바람을 쐬는 와중에도 내가 이래도 되나 하는 생각이 계속 들었다.

"돌아갈까?"

"벌써 말입니까요?"

"나오긴 했는데, 힘드네."

저잣거리 곳곳에 진호 형과 함께했던 기억이 스며들어 있었으니까.

그때였다.

"오랜만에 보는구먼."

"아!"

나는 얼른 인사를 했다.

"어르신을 뵙습니다."

잡화점의 노인이다. 무슨 연유인지 오늘은 잡화점이 아니라 저자에 계셨다.

"여기는 어인 일이십니까?"

"어인 일은? 만두 사러 다녀오는 길이지."

그러고 보니 손에 대나무 바구니를 들고 있었고, 만두 냄새가 솔솔 풍겼다.

그때.

꼬르륵.

내 배 속에서 요란한 소리가 울리자, 그 소리에 노인은 허허 웃었다.

"뭐 하다가 이 시간까지 저녁도 안 먹고 돌아다니는 거냐?"

"그게……."

"됐고, 따라와라. 넉넉하게 샀으니까 한두 개 정도는 주마."

노인은 휘적휘적 잡화점으로 향했고, 나는 귀밑을 긁적였다.

따라갈 수밖에 없나?

잠시 후.

나는 잡화점 안으로 들어갔고, 노인은 탁자 위에 만두가 든 바구니를 올려놓았다.

"먹어라."

"죄송하지만 생각이 없습니다."

"배 속이 요동치는데 생각이 없기는…… 헛소리 말고 먹어라."

나는 만두를 집어서 한 입 베어 물었다.

맛있었다.

그래서 너무 미안했다.

지금 진호 형은 제대로 먹지도 못할 텐데…….

"고민이 있는 듯하구나."

노인의 물음에 나는 어색하게 웃었다.

"네가 그렇게 심각한 표정인 건 처음 보거든. 그런데 그런 건 안 어울리니까 관두거라."

"저도 그러고 싶은데…… 잘 안 됩니다."

"그래서 뭐가 고민이냐? 네 형이 실종된 거?"

그 말에 나는 살짝 놀랐다가 이내 납득했다.

내 앞의 노인은 귀면포로 활동하던 고수이다.

내가 짐작하기 어려울 정도로 넓은 인맥과 정보망을 가

지고 계신 분이다.

"아셨습니까?"

노인은 대답 대신 차를 마시고는 내게 되물었다.

"그게 네 잘못이라고 생각하는 것이냐?"

"……."

노인의 의도는 모르겠으나, 내 정곡을 찌르는 말이었다. 그래서 나도 모르게 노인에게 말했다.

"제가 섬서에 가지 않았다면 진호 형이 운남에 가지 않아도 되었고 그러면……."

"쯧쯧."

노인은 혀를 찼다.

"세상에서 가장 미련한 것이 바로 이미 일어난 일에 대한 후회다. 총명하다고 생각했는데 이제 보니 어리석은 녀석이구나."

노인의 질책이 이어졌다.

"그렇다면 반대로 생각해 보자꾸나. 네가 섬서성에 가지 않았다면 어떻게 되었을까?"

"그러면 진호 형이 실종되지 않았을 겁니다."

"그것 말고."

"그리고……."

나는 말을 이어 가지 못했다.

내가 섬서성에 간 것은 홍금소 부인의 남편을 살릴 복시령과를 구하기 위해서였다.

하여 복시령과를 가져와 홍금소 부인의 남편인 서우 무

사에게 삶을 되찾아 주었다.

더불어 사기꾼 섬서갈을 잡아 섬서성의 상계에 닥칠 혼란을 막았다.

사람을 조종하는 기물인 제웅을 불태워, 그로 인해 닥칠 혈겁을 막았다.

은해상단의 휘하에 세 개의 상단이 들어왔으며, 차밭과 직거래를 할 수 있게 되었다.

만약 섬서성에 가지 않았다면 이 모든 건 없던 일이 되었을 거다.

복시령과도 얻지 못하고 은해상단도 큰 손해를 입었겠지.

노인이 내 눈을 보며 말했다.

"내가 세상을 살면서 깨달은 건, 세상을 산다는 건 선택의 연속이며 그 어떤 선택을 하든 후회는 따라온다는 거다."

"……."

"그런데 재밌는 건 꼭 자신의 선택에 의해서만 일이 벌어지는 건 아니라는 거지."

"네?"

"단적인 예로, 이번에 네 형이 운남에 가지 않겠다고 했다면 어찌 되었을까?"

상단에서 일하는 이들에게는 상행에 대한 거부권이 있었고 그건 진호 형도 마찬가지다.

즉, 거부할 수도 있었다는 거다.

"네 형의 선택과, 네 형을 보낸 상관의 선택이 이 일에 영향을 준 거다. 그런데 왜 오롯이 너의 선택이라고 자책하는 것이냐?"

"그건……."

할 말이 없었다. 생각해 보면 노인의 말이 맞으니까.

"미련한 자는 후회를 하고, 현명한 자는 해결을 한다고 하지. 너는 어느 쪽이냐?"

이미 일어난 일은 아무리 후회를 한다 해도 바뀌는 것이 없다.

지금은 자책할 때가 아니라 해결을 해야 할 때다.

이미 나는 많은 것을 바꾸었다.

그로 인한 여파는 내가 예상하지 못한 사건을 일으킬 텐데 그럴 때마다 후회한다면 나는 한 걸음도 나아가지 못할 거다.

전에 한 번 다짐해 놓고서는 나도 참…….

그만큼 진호 형의 실종이 준 충격이 컸던 모양이다.

당연했다.

가족이니까.

그때 누군가의 배에서 소리가 들렸다.

꼬르륵.

"……?"

고개를 돌려 보니 팔갑이 쑥스러운 얼굴로 말했다.

"송구합니다요."

"아……."

그러고 보니 내가 저녁을 먹지 않고 나오는 바람에 팔갑도 저녁을 걸렀음을 깨달았다.

그러면 당연히 여응암 무사와 이필 무사도 저녁을 걸렀다는 의미다.

"미안합니다. 못난 저 때문에 고생이시군요. 팔갑도 그렇고."

내 말에 그들은 손사래를 쳤다.

"아닙니다요."

"저희는 괜찮습니다."

"괘념치 마십시오."

아니다. 이건 명백히 내 실수다.

자책하느라 내 수하들까지 챙기지 못했으니까.

"앞으로는, 반드시 시간이 되면 끼니를 챙겨 드시도록 하십시오. 팔갑, 너도."

"하지만……."

"이건 명령입니다."

그리 단호하게 말한 나는 자리에서 일어나 노인에게 포권했다.

"이 부족한 저를 꾸짖어 주신 덕분에 정신이 들었습니다. 어르신께 감사드립니다."

"정신 차렸다니 다행이구나."

"그럼 저는 이만 가 보겠습니다."

"갈 땐 가더라도 만둣값은 주고 가야지."

"네?"

"나는 만두를 준다고 했지, 공짜로 준다고는 안 했느니라."
그 말에 나는 피식 웃었다.
정말 그랬으니까.
내 앞의 노인은 한순간도 방심할 수 없게 한다.
나는 탁자 위에 은자를 올려놓았고, 그걸 본 노인이 고개를 저었다.
"한 달 넘게 만두만 먹으라는 거냐?"
"차도 드시라고요."
"내 사양하지는 않으마."
노인은 은자를 챙기며 말했다.
"그리고 나중에 다시 한번 들르도록 해라. 챙겨 줄 게 있으니."

* * *

은진호가 포함된 상행단의 실종은 은해상단과 창인표국에게 있어 초유의 사태였다.
상행단이 사망하거나 부상을 입는 것은 물론이고, 그 물품에 대해서도 창인표국은 배상을 해야 했다.
또한, 이는 신뢰의 문제이기도 했다.
표국은 어떤 일이 있어도 표행을 수행해야 하는데, 문제가 있는 표국이라면 누가 표행을 맡기겠는가?
그리고 상단에서도 표국에서 손해배상을 해 준다고 해도 문제가 해결되는 건 아니었다.

상행을 떠난 이들은 상단에서 오랫동안 경험을 쌓은 이들이다.

은해상단에서 가장 큰 재산으로 치는 것이 사람인 만큼, 손해가 큰 것이다.

더욱이 상행단 안에는 상단주의 둘째 아들인 은진호가 포함되어 있었으니.

은해상단의 회의실.

은월각이 아닌 일반 회의실 안에는 은길상과 두 총관, 그리고 각주들이 앉아 있었다.

그 앞에는 창인표국에서 온 이들이 앉아 있었다.

"정말 죄송합니다. 저희 표국에서 제대로 길을 이끌지 못하여 일어난 일입니다."

창인표국주의 사죄에 은길상은 고개를 저었다.

"그게 어찌 꼭 창인표국의 문제라고 하겠습니까? 아직 상황을 모르니 사과는 이릅니다."

"이쪽의 사정을 헤아려 주시니 감사합니다."

국주가 말했다.

"저희 쪽에서 수색단을 보내려고 합니다. 수색단은 표두 하나와 표사 서른 명, 그리고 일반 짐꾼 열 명으로 구성하려고 합니다."

이에 은길상이 말했다.

"그 수색단에 우리 쪽 사람을 추가해도 되겠습니까?"

"괜찮습니다만, 너무 수가 많으면 오히려 효율성이 떨

어질 수도 있습니다."

"그건 걱정하지 않으셔도 됩니다. 운남성 출신으로 몇 명 넣을 생각입니다."

그렇게 논의를 마치고 은길상은 자신의 집무실로 돌아왔다.

"후……."

서탁 앞에 앉은 그는 한숨을 내쉬었다.

자신의 아들이 실종되었다.

밥을 먹어도 모래를 씹는 듯하고, 서류를 보아도 눈에 들어오지 않았다.

그의 부인은 지금 자리에 누워서 울고만 있었다.

'진호야…… 부디 살아만 있거라.'

그는 간절하게 소망했다.

그때 밖에서 호위의 목소리가 들렸다.

"현풍국주님이 왔습니다."

"서호가?"

고개를 갸웃하던 은길상이 말했다.

"들라고 해라."

곧 문이 열리고, 은서호가 들어왔다.

공손하게 포권한 그가 은길상에게 말했다.

"아버지, 드릴 말씀이 있습니다."

"무엇이냐?"

"저도 이번 수색단에 합류하고자 합니다."

"뭐?"

* * *

나는 아버지를 바라보았다.

내 말이 준 충격이 좀 큰가 보다. 섣불리 말을 잇지 못하고 나를 바라보고 계시는 것을 보니 말이다.

"서호야."

아버지가 나를 부르셨다.

"지금 무슨 말을 하는 것이냐? 너도 가겠다고?"

"네."

"안 된다!"

내 예상대로 아버지는 반대를 외치셨다.

"진호가 실종된 지금 너에게마저 무슨 일이 생긴다면 나와 네 어미는……."

"아버지와 어머니의 마음, 아직 제가 부모가 아니기에 잘 모릅니다. 하지만 슬퍼하실 건 압니다. 그럼에도 제가 이리 말씀드리는 이유는, 저라면 진호 형을 찾을 수 있기 때문입니다."

아버지는 고개를 갸웃거리며 물으셨다.

"너라면 진호를 찾을 수 있다고?"

"네."

"무슨 의미냐?"

그 말에 나는 손을 들어 보였다.

내 손목에는 팔찌 하나가 있었다.

"이것 때문입니다. 이 팔찌는 혈응환(血應環)이라는 것으로 이걸로 진호 형을 찾을 수 있습니다."

나는 말을 이었다.

"정호 형의 소가주 공표식 때 난입했던 살수를 잡으셨던 어르신을 기억하시는지요?"

"물론이지."

"그분께서 빌려주신 겁니다. 물론 이는 다른 이들에게 비밀로 해 주십시오."

"알겠다. 그런데 그 팔찌로 어떻게 진호를 찾을 수 있다는 것이냐?"

"이 팔찌는 팔찌를 찬 사람의 혈육에게 반응합니다. 사방 열 장 안에 혈육이 있을 때 이 팔찌는……."

나는 아버지에게 직접 팔찌를 보이며 말했다.

"붉게 변합니다."

"색이 붉구나."

"제 앞에 아버지가 계시니까요. 하지만 이것은 본디 은색입니다."

나는 이것을 잡화점 노인에게 받았을 때를 떠올렸다.

땅을 파고 들어가던 나는 노인의 질책 덕분에 내가 뭘 해야 하는지를 깨달았다.

내가 해야 할 일은 후회를 곱씹는 것이 아니었다.

일어난 일은 일어난 일이다.

앞으로도 나는 미래를 바꿀 것이고, 그로 인해 바뀔 일이 산더미다.

그것들이 나를 짓눌러 숨이 막히게 하는 것을 보고만 있기에는 내가 성격이 그리 무르지 않았다.

내가 내 능력을 과신하는 건 아니지만, 그것들을 해결할 능력이 있다.

게다가 나에게는 미래를 안다는 무기가 있으니까.

그러니까, 내가 해결하면 된다.

생각을 정리한 다음 날, 잡화점 노인을 찾아갔다.

나를 본 노인이 씩 웃었다.

"이제야 좀 볼만한 눈빛으로 돌아왔구나."

"어제는 제가 폐를 끼쳤습니다."

"폐는 무슨…… 덕분에 만둣값을 벌었으니."

노인은 자리에서 일어나더니 벽장에서 팔찌 하나를 꺼내어 내밀었다.

"이걸 빌려주마."

"이게 무엇입니까?"

"혈응환이라는 거다. 열 장 안에 혈육이 있으면 붉게 변한다."

"감사합니다."

나는 그 팔찌를 손목에 찼다. 그걸 본 노인이 말했다.

"그런데, 그게 약간의 문제가 있다."

"네? 문제라니요?"

"그거, 한 번 착용하면 무슨 짓을 해도 한 달 동안은 안

빠진다."

"……."

.

.

.

다시 현실로 돌아와 나는 아버지에게 말했다.

"그런데 이게 한 달 동안 안 빠진다고 합니다."

"허……."

"하지만 솔직히 생각해 봐도, 가족 중에 진호 형을 찾으러 갈 수 있는 사람은 저밖에 없다고 생각합니다만."

내 말에 아버지는 한숨을 내쉬셨다.

"그렇구나. 너에게 이런 짐을 지우게 되어서 미안하구나."

"그게 무슨 말씀입니까?"

나는 반문했다.

"진호 형은 제 형입니다. 동생이 형을 찾는 건 당연한 일입니다. 이런 일로 미안해하시지 마십시오, 아버지."

"알겠다. 수색단에 합류하는 것을 허락하마. 하지만 서호야."

"네, 아버지."

"네 어미는 네가 설득해라."

"……."

.

.

.

수색단은 삼 일 후에 출발하는 것으로 결정되었다.

나에게 닥친 가장 큰 난관은 어머니께 허락을 받는 것이었다.

당연히 어머니는 처음에 허락하지 않으셨다.

내가 혈응환을 보여 드려도 요지부동이셨다. 그런 나에게 홍금소 부인이 조언했다.

"부인께서 허락하지 않으시는 건 당연한 일입니다. 이미 아들 하나가 사라진 상황에서 다른 아들마저 위험 속으로 들어간다면 그걸 허락할 어미가 있을까요?"

"……."

"꼭 가셔야 한다면, 안전하게 다녀올 수 있다고 그리 말씀드리세요. 지금 부인께는 그게 가장 중요한 문제일 것입니다."

홍금소 부인의 조언에 나는 내 어리석음을 깨달았다.

어머니는 내 안전을 걱정하고 계시는데, 형을 찾을 수 있다는 것만 강조했으니…….

그날 저녁, 나는 어머니 앞에서 내 무공을 보여 드렸다.

이전의 삶에서 되돌아온 후 내 무공 실력을 내보인 건 어머니가 처음이었다.

무가의 여식이셨던 어머니다.

그렇기에 내 무공 실력을 알아보셨다.

그제야 어머니는 내가 수색단에 합류하는 것을 허락해 주셨다.

 그렇게 가장 큰 난관을 해결한 나는 현풍국의 일에 집중했다.

 내가 없는 동안 현풍국의 일이 제대로 돌아갈 수 있도록 해 놔야 했기 때문이다.

 그리고 출발하기 전날 저녁.

 뜻밖의 인물이 나를 찾아왔다. 홍금소 부인의 남편인 서우 무사였다.

 "몸은 어떠십니까?"

 "덕분에 원래 제 기량을 완벽하게 되찾았습니다. 정말 감사드립니다."

 "다행입니다."

 내가 봐도 그의 모습은 매우 건강해 보였다.

 역시 복시령과가 대단하구나.

 그러니까 내가 겪었던 미래에서 혈교의 고수가 복시령과를 먹자마자 무림을 상대로 깽판을 칠 수 있었겠지.

 "그런데 여기까지 어인 일이십니까?"

 "국주님께 청이 있어서 왔습니다."

 "청이라면?"

 "진호 도련님을 찾으러 가신다고 들었습니다. 제가 국주님과 동행하고 싶습니다."

 "그게 무슨 말씀입니까? 운남이 어떤 곳인지 모르시는 건 아닐 테고……."

은진호, 실종되다 〈27〉

"은혜를 갚고 싶습니다."

"안 됩니다. 가셨다가 혹시 무슨 일이라도 생긴다면 제가 홍 부인을 볼 면목이 없습니다."

"이는, 부인의 뜻이기도 합니다."

"네? 홍 부인의 뜻이라니요?"

"사내대장부로 태어나 큰 뜻을 펼치지는 못하더라도 최소한 은혜는 갚는 것이 사람의 도리가 아니냐고 하더군요. 저 역시 같은 생각입니다."

서우 무사가 포권하며 고개를 숙였다.

"하여 부탁드립니다. 부디 은혜를 갚을 수 있는 기회를 주십시오."

나는 그를 바라보았다.

그러고 보니 서우 무사는 표국의 표두로 활약하던 일류 무사다.

이번 일에 적잖은 도움이 될 거다. 그리고.

"서 무사님."

"네."

"다시 표국으로 돌아가실 생각이십니까?"

"원래는 그럴 생각이었습니다만, 지금은 부인의 곁에 있고 싶습니다."

"잘 생각하셨습니다."

서우 무사가 자리보전하게 된 이유를 제공한 자는 패혈장으로 유명한 고수였다.

비록 양패구상의 모양새가 되었다고 해도 그 흑도 무뢰

배의 목을 벤 서우 무사의 이름값은 제법 높았다.

그만큼 실력도 있었지만, 표두로 일하면서 얻은 경험도 제법 될 터.

잠깐, 그러고 보니 서우 무사가 그 패혈장을 쓰던 흑도 무사를 벤 장소가…….

"아, 말씀드리는 것을 잊었군요. 사실 제가 광서와 귀주, 그리고 운남 쪽을 전담하던 표두였습니다."

운남이었다.

나는 서우 무사에게 말했다.

"합격."

"네?"

"아, 말이 헛나왔군요. 저와 함께 운남으로 가시죠."

"제 청을 들어주셔서 감사합니다."

.
.
.

수색단이 출발하는 날이 되었다.

나는 팔갑이 꾸려 준 짐을 들었다.

이번에는 상행이 아니라 수색이다. 그 말은 마차를 타고 한가롭게 떠나는 그런 여정이 아니라는 의미다.

말을 타고 가야 했고, 때에 따라서는 봇짐 하나만 등에 메고 수색을 이어 가야 할 터.

"도련님, 준비 다 되셨습니까요?"

"가자."

내 일행은 팔갑과 두 호위무사, 그리고 후에 합류한 서우 무사다.

그들과 함께 차장으로 향했다.

그곳에서 우리 상단 측 인원들과 합류해 창인표국으로 향할 예정이다.

차장에 도착하자 그곳에는 은풍대 삼 조장인 정충 조장과 일행이 있었다.

이번에 은해상단 측에서 보낼 수색단은 정충 조장과 무사 열 명이다.

아버지에게 듣기로 정충 조장이 수색단에 자원했다고 한다.

내가 겪었던 이전의 삶에서도 그랬지만, 진호 형과 성충 조장의 사이는 각별했다.

현재 진호 형의 나이는 스무 살, 그리고 정충 조장의 나이는 서른 살이다.

그러나 그 나이를 넘어선 우정이 진호 형과 정충 조장 사이에 존재했다.

"국주님 오셨습니까?"

"네. 잘 부탁드립니다."

"저야말로 잘 부탁드립니다."

서로 긴 말은 필요 없었다.

그때 아버지와 정호 형이 다가와 잘 다녀오라는 인사를 건네었다.

그리고 창인표국으로 향했다.

.
.
.

창인표국까지는 한 시진 정도가 걸렸다.

우리가 창인표국에 도착하자 국주가 우리를 맞으러 나왔다.

"오시느라 고생이 많으셨습니다."

"아닙니다."

정충 조장이 앞으로 나왔다.

"이번 수색단의 은해상단 측 대표인 정충입니다. 그리고 여기는 상단주님의 셋째 아드님인 은서호 현풍국주님이십니다."

"여기는 창인표국의 표두 막충입니다."

서로 인사를 나누던 중, 막충 표두가 서우 무사를 보고 깜짝 놀랐다.

"혹시 대정표국에서 표두로 일하셨던 백접검(白蝶劍) 서우 대협이 아닙니까?"

"그런 과분한 이름으로 불리던 때가 있었습니다."

"쾌차하셨다는 소식은 들었습니다."

"네. 기연을 얻어 기적적으로 쾌차했습니다. 하여 그 은혜를 갚고자 이리 수색단에 참여하게 되었습니다."

"백접검께서 함께해 주시니 든든합니다."

"부끄럽습니다."

내 생각보다 서우 무사가 표두들 사이에서 유명한 인물

이었던 모양이다.

막충 표두도 그렇고, 인재 욕심이 많은 창인표국의 국주가 저렇게 군침을 흘리고 있는 것을 보니 말이다.

사부님께서도 저 국주에게 포섭되신 건가 싶었다.

지금 사부님께서는 표행을 떠나셨다고 한다. 하여 사부님께서는 내가 운남으로 떠나는 것을 모르신다.

내가 운남으로 간다는 것을 아셨다면 뭐라고 하셨을까?

말리지는 않으셨을 것 같은데.

다시 대열을 정리한 우리는 운남으로 출발했다.

.

.

.

운남까지는 말을 타고 갈 수도 있지만, 배를 타고 가는 편이 더 빠르고 편했다.

장강의 큰 줄기를 타고 중경을 관통하고, 사천의 끝자락을 지나 운남에 있는 점창산 근처에 도착하여 하선한다.

배에서 내려 을림객잔까지 간 후, 그곳에서부터 수색을 시작하기로 했다.

사실 운남은 그야말로 요지경인 곳이다.

기본적으로 더웠지만, 꼭 그렇지만도 않았다.

남쪽은 지대가 낮고, 밀림이 우거진 곳이지만 북쪽은 구릉과 산지 등으로 이루어져 있었다.

산지도 무척 높아서 만년설이 쌓인 곳도 있었다.

즉, 사계절이 공존하는 곳이라고 볼 수 있었다.

그러니 수색하는 과정이 결코 쉽지는 않을 터. 그래도 나는 진호 형을 찾는 것을 멈추지 않을 것이다.

우리는 배에 올라탔고, 장강을 타고 거슬러 올라가기 시작했다.

그사이 우리는 서우 무사에게서 운남에서의 이런저런 주의점에 대해서 들었다.

"운남에서 절대 해서는 안 되는 일 중 하나가 바로 버섯을 먹는 겁니다."

"버섯을요?"

"네. 운남은 기후 특성상 버섯이 많은데 독버섯이 무척 많습니다. 그래서 묘강의 독을 쓰는 문파들이 주로 독버섯에서 독을 채취하여 사용하곤 합니다."

"죽는다는 말이군요."

"네, 그렇습니다."

그 밖에도 물에 함부로 들어가면 안 된다는 등의 주의 사항에 대해 들었다.

사실 나도 알고 있는 것들이다.

하지만 모르는 척 서우 무사의 설명을 들은 건 내 주변의 이들은 모르는 것들이기 때문이다.

또한, 지금의 삶에서는 내가 운남을 가 본 적이 없었기에 그 정보들에 관해 아는 티를 낼 수도 없었다.

이전 삶에서는 물론 가 봤지만.

 그렇게 약 보름 정도 강을 타고 거슬러 올라온 우리는 운남에 도착했다.
 배에서 내려 말을 타고 달리기를 삼 일.
 드디어 우리는 을림객잔에 도착했다.
 진호 형의 흔적이 발견된 마지막 장소라고 하니, 기분이 이상해졌다.
 "어서 오십시오."
 객잔에서 세 명의 남자가 나와 우리를 맞았다.
 이곳에서 상주하며 보이차를 담당하는 은해상단의 직원들이다.
 "원로에 고생이 많으십니다."
 "서호 도련님, 아니, 서호 국주님께서도 오신 것입니까?"
 "그렇습니다."
 "진호 도련님이 실종되셔서 심려가 많으신 줄 압니다."
 "저보다 부모님께서 걱정이 많으십니다. 제가 이리 직접 온 것은 제 형님의 일도 있지만, 실종된 은해상단의 이들이 모두 가족이기 때문입니다."
 나는 말을 이었다.
 "가족이 실종되었으니, 당연히 제가 오는 것이 맞다고 생각합니다."
 진호 형은 내 혈육이다. 그러니 다른 이들보다 더 걱정되는 건 어쩔 수 없었다.

그렇다고 다른 은해상단의 직원들이 걱정되지 않는 건 아니다.

그들 모두 은해상단에서 함께 지내던 소중한 이들이니 말이다.

내 말에 그들은 감동한 표정으로 말했다.

"그리 말씀해 주시니 감읍할 따름입니다."

"당연한 것에 감동하지 않으셔도 됩니다."

내 말에 그들이 말했다.

"안으로 드시지요. 저희가 수집한 정보를 말씀드리겠습니다."

잠시 후.

우리는 객잔 일 층에 자리를 잡았다.

우리 이외에는 숙박객이 없었기에 우리가 거의 전세를 낸 상황이 되었다.

은해상단에서 파견되어 이곳에 상주하는 세 직원 중 둘은 다시 돌아가고 한 명만 이곳에 남았다.

그의 이름은 성준백이다.

"사실 이곳에서 실종된 자들이 더 있다고 합니다."

"더 있다고요?"

"네. 그리고 그들의 마지막을 기억하고 있는 이들을 찾았는데, 모두 한결같이 자욱한 안개 속으로 걸어 들어갔다고 하더군요."

안개라면, 설마…… 그건가?

.

.

.

나는 내 지난 삶을 떠올렸다.

당시 운남의 숲에서 이상한 현상이 나타났으니, 바로 무출무산(無出霧山)이었다.

안개가 자욱한, 출구가 없는 산이라는 의미다.

그 안에 들어가면 나오지 못했고 그렇게 실종되어 버렸다.

진호 형이 실종된 이유에 대해 여러 가지 가능성을 상정해 보았는데, 무출무산 역시 그 가능성 중 하나이긴 했다.

하지만 일부러 제외해 놓은 상태였다.

무출무산은 앞으로 삼 년 후에나 알려지기 시작하기 때문이다.

하지만 내 생각이 틀렸다.

그건 이때부터 존재하고 있었던 것이다.

무출무산으로 인해 운남에는 한 가지 금기가 생겨났다.

안개 속으로 걸어 들어가지 말 것과 안개가 끼면 그곳에서 움직이지 말라는 것이다.

단순한 안개가 아니라 무출무산일 수 있고, 벗어나려 이리저리 다니는 것보다는 안개가 사라질 때까지 가만히

기다리는 것이 더 안전하기 때문이다.

그 후로 몇 년의 시간이 흐르고, 실종된 이들이 천 명이 넘어가자 결국 황궁에서 움직였다.

대규모의 조사단을 꾸려 운남으로 향했고, 조사가 이루어지던 와중에 무출무산은 사라졌다.

당시 내 나이가 스물다섯 살이었다.

그로 인해 황궁과 조사단을 이끌던 자는 칭송을 받았지.

무출무산이 사라진 후, 그 자리에서는 안개 속을 헤매다가 죽은 듯한 이들의 시신이 발견되었다.

수많은 시신 중에는 서로 무기를 휘둘러 죽은 듯한 시신도 있었다.

그 말은 그 안에서 진호 형과 일행을 위협할 만한 건 없다는 것이다.

사람만 조심하면 말이다.

진호 형이 정말 무출무산에 들어가서 실종된 거라면 차라리 다행이다.

내가 그곳에서 나오는 방법을 알고 있기 때문이다.

그 무출무산에서 단 한 명, 살아서 나온 사람이 있었다.

어떻게 나올 수 있었느냐는 물음에 그는 이리 대답했다.

"제가 지니고 있던 자루의 올이 나뭇가지에 걸리는 바

람에 풀어져 버렸습니다. 하여 그 올을 잡고 따라 나올 수 있었습니다."

그자에게는 자루의 올이 나뭇가지에 걸려 풀린 것이 다행한 일이었다.

아무튼, 오늘은 늦었으니 우리는 내일 아침 일찍 수색을 시작하기로 했다.

* * *

한 치 앞도 보이지 않는 자욱한 안개 속.
보통 숲속이라면 들려야 할 산짐승의 소리는 물론이고, 산새 소리도 들리지 않아 더욱 기괴하게 느껴졌다.
저벅, 저벅.
들리는 건 오직 일행의 발소리뿐이다.
그렇게 얼마나 걸었을까?
은진호는 앞에 보이는 수레를 보았고, 탄식했다.
"아……."
그 수레는 그들 일행이 버린 수레다.

한 달 전.
은진호 일행이 산길을 가고 있었을 때 갑자기 짙은 안개가 자욱하게 끼기 시작했다.

이 일대에서 안개는 흔한 현상이었기에 대수롭지 않게 생각하며 발길을 옮겼다.

뭔가 이상함을 알아차렸을 때는 이미 늦은 후였다.

삼 일만 더 걸으면 목적지인 차밭에 도착해야 했건만, 계속해서 끝없는 숲길만 보였기 때문이다.

"저, 도련님."

함께하고 있던 행수가 말했다.

"식량이 열흘 치 정도밖에 남지 않았습니다."

상행을 하다 보면 언제 무슨 일이 생길지 모른다. 그렇기에 식량만큼은 최대한 넉넉하게 실었다.

그리고 품 안에는 육포 같은 건량을 가지고 다닌다.

개인이 지닌 식량은 제외하더라도 식량이 열흘 치밖에 남지 않았다는 건 상황이 그리 좋지 않다는 의미다.

은진호는 표두와 행수들과 논의해 결정을 내렸다.

수레를 버리기로.

우선은 빠르게 숲을 벗어나야 했으니까.

하지만 그렇게 한 달 가까이 숲을 헤맸음에도 여전히 그들은 숲을 벗어나지 못했다.

여덟 번째로 수레를 마주했을 때 결국 은진호는 두 눈을 질끈 감았다.

뒤에서 일행들이 수군거리는 목소리가 들려왔다.

"우리, 이곳에서 이렇게 죽는 거야? 난 싫어! 싫다고!"

"이 자식 또 시작하네."

"우리가 오면서 봤던 그자들처럼 우리도 바짝 말라서……."

"야! 닥쳐! 우리가 죽긴 왜 죽어?"

"지금 표국과 상단에서는 우리를 구조하기 위해서 수색단을 보냈을 거야."

"그러니까 희망을 가지라고."

"하지만……."

그때 누군가 말을 이었다.

"나는 그들이 오지 않았으면 좋겠어."

"그게 무슨 소리야?"

"그들도 이 숲에 들어와서 우리 같은 꼴이 된다면 미안해서 죽어도 눈을 못 감을 것 같거든."

"……."

그 말에 은진호는 쓰게 웃었다.

그 역시 그런 마음이었다.

이런 곳에서 굶주려 죽는 건 자신 혼자만으로 충분했다.

자신을 구조하기 위해 온 이들이 자신들처럼 숲을 헤매게 된다면…….

만약 그 구조대 안에 자신의 가족이 포함되어 있다면…….

"어찌할까요?"

행수가 표두에게 묻자 표두는 허탈하게 웃었다.

"솔직히 말해서, 저도 잘 모르겠습니다."

표두는 그 자리에 주저앉았다.

이미 가지고 왔던 말은 식량이 되어 배 속으로 사라졌다.

남은 식량을 아끼고 아껴 하루에 한 끼만 먹고 있으니 힘이 날 리가 없었다.

그들을 이끌던 표두가 모든 것을 포기한 듯한 모습을 보이자, 다른 이들 역시 포기한 듯 자리에 주저앉았다.

사실 지금까지 잘 버텨 준 것만으로도 기적인 일이다. 그건 은해상단의 이들이 단합이 잘된다는 방증이기도 했다.

하지만 그들도 인간이고, 인간의 한계는 제각각이다.

은진호는 일행들을 보았다.

배고픈 가운데서도 걷느라 지치고 힘이 빠진 저들을 보자니 측은했다.

꼬르르륵.

그때 자신의 배에서 들리는 소리에 자신도 모르게 웃어 버렸다.

"하하하하하."

그 웃음에 사람들의 이목이 그에게 집중되었다. 그 시선에 은진호가 말했다.

"이런 상황에서는 열심히 수련했던 검도 소용이 없군요. 역시 밥이 최곱니다."

그 말에 모두 고개를 끄덕였다.

본의 아니게 저들의 관심을 자신에게 돌렸다.

"저 결심했습니다. 여기서 나가면, 절대 음식을 남기지 않을 겁니다."

그 말에 다른 이들이 또 웃음을 터트렸다.

은진호가 행수에게 말했다.

"오늘은 우선 이곳에서 쉬는 게 좋겠습니다. 불을 피워서 체온이 떨어지지 않게 합시다."

"알겠습니다."

곧 그들은 분주하게 움직였다.

사방에 즐비한 것이 나무였기에 불을 피울 장작이 부족하지는 않았다.

안개 때문에 나무가 젖어 있다고 해도, 젖은 나무로 불을 피우는 것 정도는 숙련된 표사와 쟁자수라면 어렵지 않은 일이었다.

그렇게 불을 바라보고 있자니, 어디선가 훌쩍이는 소리가 들렸다.

아마도 지금 자신의 신세가 한탄스러워 저러는 것일 터. 그건 은진호 역시 마찬가지였다.

안개 때문인지 겨울밤이 생각났다.

그래서였을 거다.

자신도 모르게 말을 꺼낸 것은.

"제가 조부님께 들었던 이야기가 있습니다. 어느 날 한 무사가 길을 떠났다고 합니다. 그 무사에게는……."

사람들은 은진호의 이야기에 귀를 기울였다. 그리고 그들은 깨달았다.

이야기를 듣는 중에는 배가 고프지 않다는 것을.

은진호가 해 주는 이야기가 끝났을 때 다른 이가 말했다.

"이번에는 제가 알고 있는 이야기를 해 드리겠습니다."

이야기에 이야기가 꼬리를 물었고, 그렇게 그들은 오늘도 버티어 내고 있었다.

　　　　　　＊　＊　＊

을림객잔에서 하룻밤을 자고 나는 일 층으로 내려왔다. 사실 진호 형 걱정에 잠이 오지 않았지만 억지로 참을 청했다.

내 상태가 정상이어야 진호 형을 찾는 데 폐가 되지 않을 테니까.

아침으로 만두와 오리탕을 먹었다.

솔직히 아침으로는 과한 면이 없지 않았지만, 든든하게 먹어 두어야 했다.

죽 한 그릇만 먹고 돌아다니기에는 운남이 그리 만만한 곳이 아니니까.

식사를 마치고, 막충 표두는 식당 전면에 괘도를 펼쳤다.

그 괘도는 표국에서 사용하는 지도다.

"인근에서 수레가 발견되지 않았다는 건, 수레를 끌고 안으로 들어갔다는 의미입니다. 하여 이 수레를 끌고 갈 만한 길을 중심으로 수색할 것입니다."

막충 표두는 설명을 이었다.

"여기서 삼 일만 더 걸으면 차밭입니다. 그리고 거기까지는 객잔이 없습니다. 단지 숙영을 할 수 있는 공간만 있을 뿐입니다. 그런데 그곳에서 숙영한 흔적이 없으니 여기서 여기까지를 수색 범위라고 볼 수 있습니다."

그 설명을 들으며 나는 고개를 끄덕였다.

창인표국의 국주가 수색을 위해 막충 표두를 보낸 이유가 있었다.

막충 표두는 핵심을 파악하여 지시를 내리고 있었다.

"구조단은 세 조로 나누겠습니다."

막충 표두가 이끄는 조와 정충 조장이 이끄는 조, 그리고 내가 이끄는 조로 나뉘었다.

내가 이끄는 조는 팔갑과 두 호위무사, 서우 무사, 정충 조장이 데리고 온 삼 조의 무사 두 명, 이렇게 일곱 명이다.

"어제 말씀드린 대로 혹시 인개 속에 들어가 실종될 수도 있고 실종된 이들이 배가 고픈 상태일 수도 있으니 식량을 넉넉하게 챙기도록 하십시오. 그리고 만약 안개에 들어가게 된다면 재빨리 근처의 나무에 나누어 드린 새끼줄을 묶으십시오."

그렇게 구조단의 안전을 위한 사항도 확인했다.

그건 내 의견을 받아들인 지시이다.

"그럼 지금부터 수색을 시작하겠습니다. 다시 한번 말씀드리지만, 구조하러 왔는데 오히려 구조당하는 일이 벌어지지 않도록 주의하십시오."

"네!"

곧 우리는 수색을 시작했다.

나는 내가 차고 있는 팔찌 혈응환에 대해서 저들에게 알리지 않았다.

견물생심이라고 했다.

특히나 기물이라는 것은 그 자체로 큰 가치를 지닌 것이니 괜히 손을 탈 수가 있었으니까.

팔갑도 이게 기물이라는 것을 모른다. 그냥 저잣거리에서 산 팔찌라고 알고 있다.

나는 흘깃 소매를 들어 팔찌를 보았다.

상단 안에서는 붉은색이었던 팔찌가 지금은 선명한 은색이었다.

다른 두 조가 먼저 출발했고, 우리가 그 뒤를 이어 출발했다.

"우리도 출발합시다."

"네."

그렇게 본격적으로 진호 형과 일행을 찾기 위한 수색이 시작되었다.

"은해상단!"

"……."

"창인표국!"

"……."

우리는 크게 외치며 능선을 넘고 계곡을 건너며 온 숲을 뒤졌다.

하지만 돌아오는 대답은 메아리뿐이었다.

삐익! 삐익!

휴식을 알리는 호각 소리다.

나는 바위에 걸터앉아 수통의 물을 마셨다.

아, 이제야 좀 살겠네.

그때 서우 무사가 고개를 갸웃거렸다.

"그나저나 뭔가 이상하군요."

"뭐가 말입니까?"

"원래 이곳 운남은 온갖 벌레들이 많은 곳입니다. 그런데 그 벌레들이 보이질 않는군요."

"……그런가요?"

"확실히 이상합니다."

그 말에 나는 속으로 뜨끔했다.

전에 사천에 갔을 때와 마찬가지로 그건 나로 인해서 그런 것이 분명했기 때문이다.

그때 이필 무사가 말했다.

"그건 제가 내공을 운용하면서 돌아다녀서 그런 듯합니다."

"하긴, 그러면 말이 되는군요."

벌레는 기운에 민감한 생물이라, 내공을 운용하면 벌레들이 오지 않으니까.

"그러면 쉽게 지칠 겁니다."

"주군이 벌레에 물리게 할 수는 없으니까요."

이필 무사가 나를 보며 살짝 의미심장하게 웃었다.

분명했다.

전에 사천에 함께 갔던 만큼, 이게 나로 인함을 알아차린 거다.

 그리고 내가 대답하기 곤란한 것을 눈치채고, 대신 나서 준 거고.

 고맙네.

 나를 위해 그리 말해 주니 감동이었다.

 삐이이익!

 약 일각의 휴식 후, 다시 수색이 시작되었다.

 그렇게 반나절 동안 산을 헤맸을 때였다.

 나는 내 팔목을 슬쩍 보았다.

 "……!"

 팔찌가 붉은색으로 변해 있었다. 그 말인즉, 열 장 이내에 진호 형이 있다는 의미다.

 희망이 생겼다.

 나는 팔찌를 보며 은연중에 방향을 인도했고, 드디어 짙은 안개가 머무는 곳을 발견했다.

 무출무산의 입구다.

 "여긴가 보네요. 신호를 보내세요."

 "네."

 내 말에 은풍대의 무사 한 명이 신호탄을 쏘아 올렸다.

 이 안에 진호 형이 있다.

 죽은 자에게는 혈응환이 반응하지 않는다고 하니, 지금 살아 있는 것이다.

 나는 팔갑에게 근처 나무에 지급받은 새끼줄을 묶으라

고 명했다.

팔갑이 새끼줄을 묶고 타래를 풀며 말했다.

"이대로 들어가는 겁니까요?"

"이 안에는 나 혼자 들어가는 게 좋을 듯해."

"그게 무슨 말씀입니까요?"

"그건 안 됩니다!"

당연히 그들은 펄쩍 뛰었고, 긴 설득에도 요지부동이었다.

하여 여응암 무사와 은풍대의 무사 한 명이 이곳에 남아서 이곳으로 올 이들을 기다리고, 나머지 일행은 안개 속으로 함께 들어가기로 했다.

"가자."

"네."

우리는 무출무산 안으로 들어갔다.

형, 조금만 기다려.

내가 갈 테니까.

.

.

.

안개 속은 들었던 그대로 한 치 앞도 보이지 않을 정도로 자욱하게 사방을 둘러싸고 있었다.

그렇게 일각 정도 걸었을까, 우리는 한 무리의 사람들을 발견했다.

진호 형과 일행들이다.

안개 속에서 진호 형과 일행들을 생각보다 쉽게 찾을 수 있었다.

"형! 진호 형!"

모닥불 앞에 멍하니 앉아 있던 진호 형이 나를 보더니 피식 웃었다.

"이젠 환영까지 보이네."

진호 형은 자리에서 일어나 나를 향해 다가왔다.

"그래도 죽기 전에 너를 보니까 좋네."

그 넋두리에 나는 눈물이 왈칵 쏟아질 것 같았다.

그래서 더 심술궂게 소리쳤다.

"아! 진짜! 뭐라는 거야! 형 바보야? 현실이랑 환영도 구분 못 해?"

그러고는 힘껏 정강이를 차 주었다.

내 발에 정강이를 얻어맞은 진호 형은 고통에 비명을 질렀다.

"으악!"

그리고 놀라 외쳤다.

"뭐, 뭐야? 환영이 아니었어?"

"응."

나는 대답했다.

"구하러 왔어. 집에 가자, 형."

그리고 그 옆의 이들에게도 말했다.

"구하러 왔습니다. 이제 상단으로 돌아갑시다."

내 말에 진호 형이 버럭 소리쳤다.

"뭐 하러 왔어? 가족들은 어쩌고?"

"형을 구하러 왔고, 가족들에게 허락을 받고 온 거야. 허락받느라 힘들었어."

진호 형은 답답하다는 듯이 소리쳤다.

"아니! 그게 아니라 이곳은!"

"알아. 안개로 이루어진 곳이잖아. 들어오면 실종된다는 곳."

"알면서 들어온 거야?"

그 말에 나는 고개를 끄덕였다.

"걱정하지 마. 밖으로 나갈 수 있는 장치를 해 놓고 왔으니까."

내 말에 상행단과 표국의 이들의 표정에는 희망이 떠오르기 시작했다.

"목마르지? 우선 목부터 좀 축이고 움직이자."

나와 일행들은 등에 짊어졌던 물통을 내려놓았다.

진호 형 일행은 우르르 물통 앞에 몰려들었고, 자신들의 물통에 물을 채워 마시기 시작했다.

오랫동안 굶주린 사람에게 처음부터 일반식을 주면 탈이 나기 때문에 물과 미음 등을 먹여 몸의 기운을 끌어 올린 뒤에 일반식을 먹여야 했다.

지금 여기서는 정양을 할 수 없었기에 물로 목을 축이는 것에 만족해야 했다.

우선 그렇게 한숨을 돌린 그들은 즉시 우리의 뒤를 따라서 걷기 시작했다.

늘어트리고 온 새끼줄을 따라 걷던 그때, 나는 뭔가 이상하다는 것을 깨달았다.

분명 나무에 묶었으니, 팽팽해야 했다.

그런데.

왜 당겼음에도 팽팽하지 않고 되려 질질 끌리는 느낌이 드는 걸까?

우리는 곧 그 이유를 알게 되었다.

"어?"

팔갑이 당황스러운 얼굴로 새끼줄을 잡고 있었는데, 그 끝이 끊어져 있었다.

"도련님, 이거……."

말하지 않아도 모두 깨달았다.

여기서 나가기 힘들게 되었음을.

그러나 그걸 굳이 입 밖에 내지 않음은, 그걸 말하기가 두렵기 때문일 터.

진호 형이 나에게 물었다.

"여기서 기다리면 다른 이들이 찾으러 들어오겠지?"

"그게……."

"……?"

"혹시 안개 속으로 들어가게 되면 이틀 동안 밖에서 기다리기로 했어. 이틀을 기다려도 나오지 않으면 그때 다른 누군가를 들여보내기로 했거든."

"……."

진호 형은 한숨을 내쉬었다.

"미안해."

내 말에 형이 고개를 저었다.

"이게 끊어져 있을 줄 네가 어찌 알았겠냐? 사과하지 않아도 된다."

"이제 어떻게 하면 좋을까?"

내 물음에 잠시 고민하던 진호 형이 말했다.

"끊어진 새끼줄의 이어지는 부분을 찾아보자. 새끼줄의 잘린 부분이 이곳에 있으니 이어지는 부분도 이 근처에 있겠지."

우리는 끊어진 새끼줄의 이어지는 부분을 찾아서 움직이기 시작했다.

그런데 진호 형이 나를 불렀다.

"서호야, 왜 자꾸 그쪽으로 가?"

"무슨 소리야?"

"길은 이쪽이잖아. 그런데 왜 자꾸 풀숲으로 가는 건데?"

이 형이 뭐라는 거야?

풀숲이라고?

아니다. 지금 내가 바르게 가고 있는 거다.

오히려 다른 이들이 풀숲으로 가고 있었다.

나는 그동안 실종되었던 이들이 숲에서 나오지 못한 이유를 알 것 같았다.

이 안개가 오감을 방해하여, 제대로 판단하지 못하게 하는 것이다.

진호 형의 말을 들으니, 어떤 길로 가든 삼 일을 꼬박 걸었음에도 버린 수레가 나왔다고 했다.

 이 안개가 길을 빙글빙글 돌게 만든 것이다.

 "진호 형, 아까 수레를 버린 자리 말이야."

 "그건 왜?"

 "삼 일을 걷다가 포기하고 거기에 수레를 버린 거라고 했지?"

 "응, 맞아."

 우리는 거기까지 일각 만에 왔는데?

 그때 팔갑이 나에게 조심스레 물었다.

 "도련님, 아까도 그러시더니, 왜 자꾸 길이 아닌 곳으로 가시려고 그러십니까요?"

 "……아까도 그랬다고?"

 "네."

 "아까는 나를 잘 따라왔잖아?"

 "그야 저는 도련님의 시종이니까 그리했습니다요."

 나는 이필 무사를 보았다.

 "그럼 이필 무사님도?"

 "저 역시 그냥 따랐습니다. 주군이 가시는 길은 어디든 따르는 것이 호위무사입니다."

 "……."

 허탈한 미소가 지어졌다.

 왠지 몰라도 나는 이 안개에 영향을 받지 않고 있었다. 그렇기에 나에게는 올바른 길이 보이는 거다.

그러니까 아까 일각 만에 진호 형 일행을 찾을 수 있던 거다.

그게 아니었다면, 우리도 삼 일 내내 걷다가 지칠 때쯤 진호 형 일행을 찾았겠지.

그러니까 진호 형 일행은 얼마 되지도 않는 거리를 삼 일 동안 빙글빙글 돈 거다.

"진호 형. 지금 형과 일행이 가고 있는 곳이 풀숲이야. 내가 가는 길이 바른길이고."

"무슨 소리를 하는 거야?"

"형의 바지 밑단을 봐 봐."

내 말에 진호 형은 바지 밑단을 보았고, 이내 당황했다. 풀물이 시퍼렇게 들어 있었기 때문이다.

"왜 풀물이 이렇게……."

"지금, 이 안개가 오감을 속이고 있으니까. 그래서 같은 길을 반복해서 걷고 또 걸은 거야."

내 말에 진호 형과 일행은 고개를 끄덕였다.

실제로 환장하는 상황을 직접 겪었으니까.

"하지만 나는……."

왜 내게는 안개가 영향을 주지 못하는지 알 수 없었지만, 대충 이유가 필요할 듯했다.

"내가 익힌 무공 때문인지 길이 바르게 보이거든. 그래서 아까 형도 일각 만에 찾은 거야."

"그랬구나."

다행히 모두 납득한 듯했다.

"이대로는 계속 헤맬 것 같으니까 잠시 여기서 기다려. 내가 새끼줄이 이어지는 부분을 찾아볼 테니까."
"너 혼자 괜찮겠어?"
"오히려 지금은 혼자가 나을 것 같아."
이필 무사가 고개를 숙였다.
"뒤를 따르지 못해서 죄송합니다."
"어쩔 수 없는 상황이니까요."
"은혜를 갚기 위해 따라왔는데……."
서우 무사의 말에 나는 미소 지으며 대답했다.
"지금도 많은 도움이 되고 있습니다."
진호 형은 모두에게 잠시 대기할 것을 명했다. 그러고 보니 아까부터 진호 형이 명을 내리는 것이, 진호 형이 이끄는 위치에 있는 듯했다.
나는 진호 형과 함께 움직였던 표두를 보았고, 속으로 혀를 찼다.
진호 형에게 완전히 밀렸네.
아무튼, 나는 새끼줄의 이어지는 부분을 찾기 위해 안개 속을 돌아다니기 시작했다.
내 예상대로 안개는 시야만 좀 방해했을 뿐이다.
나에게는 전혀 영향을 주지 않았다.
곧 새끼줄의 이어지는 부분을 찾을 수 있었다.
그 단면을 보니 누군가 고의로 끊어 놓은 건 아니었다.
하필이면 새끼줄이 불량이었던 거다.
나는 새끼줄을 다시 단단히 묶고, 새끼줄 타래를 풀어

은진호, 실종되다 〈55〉

가면서 진호 형이 있는 곳으로 돌아왔다.

"진호 형!"

내가 진호 형 일행에게 다가가자 그들은 깜짝 놀라며 나를 보았다.

"벌써 온 거야?"

"응. 형의 말대로 이 근처에 이어지는 부분이 있더라고."

나는 새끼줄을 들어 보이며 말했다.

"이제 나가면 돼."

"그래, 가자."

내 말에 진호 형이 자리에서 일어났고, 우리는 내가 이은 새끼줄을 잡고 이동하기 시작했다.

그리고 마침내 우리는 무출무산의 입구였던 곳에 당도할 수 있었다.

하지만 마지막까지 방심해서는 안 된다.

그렇기에 나는 일부러 저들에게 이곳이 입구라는 것을 알려 주지 않았다.

"자자, 어서 갑시다."

"어서 이동하세요."

그렇게 진호 형과 일행을 무출무산에서 내보냈고, 내가 마지막으로 나왔다.

내가 무출무산에서 나왔을 때 본 건, 내리쬐는 햇빛을 보며 감격해서 엉엉 우는 이들이었다.

무려 한 달이다.

한 달이나 절망적인 상황에 있던 이들이었다.

나도 보았지만, 곳곳에서 비쩍 말라 죽은 시신을 보았으니 그 불안감은 더욱 극에 달했을 거다.

그러니 저들이 저리 우는 것도 충분히 이해가 되었다.

그래도 여기서 저러다가 체력이 떨어져서 실신하지 않을까 걱정되었다.

그런 내 걱정을 알았는지 막충 표두가 말했다.

"여러분의 마음은 알겠습니다만, 객잔에 돌아가서 씻고 먹고 자는 게 좋을 듯합니다."

그리고 수색단의 이들에게 말했다.

"객잔으로 돌아갑니다."

"네!"

.

.

.

우리는 을림객잔으로 돌아왔다.

미리 연락을 받고 준비한 깨끗한 물로 씻고, 비싼 향조(香皂)도 아낌없이 써서 묵은 때를 뺐다.

먼저 씻은 이들은 식당으로 와서 쌀을 넣고 끓인 죽을 먹었다.

달그락, 달그락, 달그락,

평소에는 식사하며 이런저런 이야기를 했지만, 지금은 그런 이들이 없었다.

그릇에 코를 박고 죽을 먹는 데 여념이 없었.

그들 중에는 진호 형도 포함되어 있었다.
"형, 체하겠다. 이해는 가지만 그래도 좀 천천히 먹어."
"내가 말이지."
진호 형은 죽을 먹으며 말했다.
"그 이상한 숲에서 다짐했어. 다시 나가면 절대 음식을 남기지 않겠다고."
"……."
"이렇게 밥을 먹으니까 그때 생각이 나네."
나는 피식 웃었다.
"그래도 천천히 먹어."
진호 형은 그렇게 죽 한 그릇을 싹싹 다 비우고서야 나를 보며 씨익 웃었다.
"아, 이제야 눈앞이 제대로 보이네. 아까 배고파서 눈이 흐렸을 때도 잘생긴 얼굴이었는데, 이렇게 보니 진짜 잘생기긴 했구나, 내 동생."
"실없긴."
나는 피식 웃으며 말했다.
"아무튼, 살아 있어 줘서 고마워."
"나야말로 고맙다. 아까 화를 내긴 했지만…… 나를 구하러 왔다는 말을 들었을 때 울 뻔했다."
"아까 안개 숲에서 나와서 울지 않았어?"
내 말에 진호 형은 머쓱한 듯 헛기침했다.
"험험, 그건 좀 잊어라."
그러곤 웃으며 말을 이었다.

"나와 우리 일행을 구해 줘서 고맙다."

그때 우리 쪽으로 정충 조장이 다가왔다.

"진호 도련님."

"정 조장님."

"무사하셔서 정말 다행입니다."

진호 형을 보며 정충 조장이 눈물을 글썽거렸고, 그걸 보며 나는 말했다.

"사실, 여기 정충 조장이 이번 구조단에 자원해서 오신 거야."

"아! 그러셨군요. 저를 위해서……."

"도련님이야말로 제 은인입니다. 제가 어찌 가만히 있는단 말입니까?"

그 대화를 통해서 진호 형이 정충 조장에게 도움을 주었음을 알게 되었다.

무슨 도움을 줬기에 이리도 사이가 각별한 것인지 궁금했다.

그건 이전 삶에서도 알지 못했던 거니까.

나중에 물어보지, 뭐.

지금은 살아 있음을 느끼는 시간이니까.

.
.
.

진호 형과 일행이 구출된 지 엿새째다.

무출무산에 갇혀서 고생했던 이들은 어느 정도 기력을

차릴 수 있었다.

그리고 그동안 표사들와 쟁자수들, 그리고 상단의 몇몇 이들은 운남의 은해상단의 차밭으로 향했다.

그곳에 유통을 앞둔 보이차가 가득했고, 그걸 지금 가지고 돌아가야 했다.

그래야 때를 놓치지 않고 판매가 가능했으니까.

그들이 차를 가지고 오늘 도착했다.

그러니 이제 돌아가야 하는 거다.

보이차는 그 특성상 냄새를 상당히 잘 흡수한다. 그렇기에 최대한 빠르게 이동해야 했다.

우리는 긴 논의 끝에, 내일 아침 일찍 출발하기로 했다.

.

.

.

"여러모로 신경 써 주셔서 감사합니다."

"상단분들을 찾으셔서 다행이지요."

우리는 운남성에 상주하는 성준백 행수에게 감사 인사를 전한 후, 은해상단으로 향했다.

그런데, 왜 갑자기 이렇게 불안한 거지?

내가 뭔가를 놓쳤을 때 느끼곤 했던 불안감이다.

뭐지?

뭐였지?

그때였다.

두두두.

갑자기 땅이 흔들리기 시작했고, 그제야 내 기억 속 사건이 떠올랐다.

내가 열일곱 살 때 있었던 사건.

바로 운남 남부에서 일어났던 지진이었다.

그로 인해 산길을 가던 상행단 중 다친 이들이 나왔다는 소식을 들은 적이 있었다.

그때 나는 이내 신경을 껐었다.

우리 은해상단에 관한 일도 아니었고, 그리 심한 지진이 아니었기에 금방 길도 복구되었기 때문이다.

하지만 내 기억 속 그 상행단이 지금은 우리 상행단이 된 상황이다.

땅이 흔들리고 주변 일대의 산에서는 흙과 돌덩이가 굴러떨어지고 있었다.

말이 놀라 날뛰었다.

"말을 진정시켜라!"

"진정이 안 됩니다."

"그럼 아예 풀어 버려!"

"네!"

"모두 마차 옆으로 피해! 절대 고개 내밀지 마라! 머리 깨지면 죽는다!"

이런 경험을 겪은 적이 있는지 막충 표두는 침착하게 지시를 내렸다.

그리고 보니 서우 무사도 침착하다.

"원래 운남이 지진이 심합니까?"
"자주 일어나곤 합니다."
역시 그렇구나.
상행도 그렇지만, 표사라는 일도 확실히 극한 직업이란 말이지.
그때였다.
"도련님!"
진호 형의 호위가 외치는 목소리가 들렸다.
고개를 돌려 보니 땅의 흔들림을 버티지 못한 진호 형이 길옆 절벽으로 떨어지려고 하고 있었다.
진호 형이 왜?
가만 보니 행수를 보호하려다가 그리된 듯했다.
머릿속 생각보다 내 몸이 더 빨랐다.
사부님의 수련 덕분인 듯했다.
떨어지는 진호 형의 팔을 잡아 위로 끌어당겼다.
덥썩!
진호 형은 땅 위로 올라왔지만, 그 반동을 생각하지 못했다.
나와 진호 형의 위치가 반전되었다.
발밑이 허전함을 느꼈고, 진호 형을 잡았던 손을 놓았다.
"서호야!"
나를 향해 절규하는 진호 형의 얼굴이 내 마지막 기억이었다.

* * *

 순식간에 일어난 일이었다.

 은진호는 저 절벽 아래로 떨어지는 은서호를 향해 손을 뻗었지만, 손은 허공만 휘저었을 뿐이다.

 "서호야! 안 돼! 서호야!"

 은진호는 절규했다.

 지진이 멈추었지만, 그 누구도 그걸 알아차리지 못했다. 다른 이도 아니고 은서호가……

 그리되다니 말이다.

 은진호는 주먹으로 바닥을 내리쳤다.

 "내려가야겠어."

 자리에서 일어난 그는 순간 고꾸라졌다.

 고꾸라진 그를 받아 든 건 정충 조장이었다. 그가 순식간에 은진호의 수혈을 점하여 잠들게 한 것이다.

 그 모습을 보던 여응암 무사와 이필 무사가 막충에게 말했다.

 "저희는 여기에 남아서, 주군을 찾아보겠습니다."

 그 말에 팔갑이 얼른 손을 들었다.

 "저도 남아서 도련님을 찾겠습니다요!"

 서우 무사도 앞으로 나섰다.

 "이 서우, 아직 국주님께 은혜를 갚지 못했습니다. 부디 은혜를 갚을 수 있는 기회를 뺏지 말아 주십시오."

그들의 말에 막충은 한숨을 내쉬었다.

지금 상황이 난감했기 때문이다.

자신은 보이차를 가지고 호북으로 돌아가야 했지만, 저들만 남겨 두고 가려니 난감한 마음이 들었다.

더욱이 수색을 위해 함께 이곳에 온 은서호의 생사도 모른 채 돌아가는 것도 꺼림칙했고 말이다.

그때였다.

"제가 남겠습니다."

앞으로 나선 건 실종되었던 이들을 이끌었던 표두다.

"저는 이번에 참으로 부끄러운 모습을 보였습니다. 이대로 표국에 돌아간다면 그 부끄러움으로 인해 저는 표두 일을 할 수 없을 겁니다. 부디 부끄러움을 씻을 수 있도록 잔류를 허락해 주십시오."

막충은 결정을 내렸다.

"좋네. 그러면 여기 넷과 자네, 그리고 자원하는 무사 넷은 이곳에 남도록 하게."

"감사드립니다."

.

.

.

한편.

낭떠러지 아래로 떨어지던 은서호에게는 신기한 일이 일어났다.

우우웅.

그의 몸에서 은색 빛무리가 은은하게 퍼지기 시작한 것이다.

그 빛에 응하듯, 절벽 아래의 자욱한 안개가 움직이기 시작했다.

그 안개는 은서호를 겹겹이 둘러쌌다.

덕분에 은서호가 바닥에 완전히 닿았을 때, 그에게는 아무런 충격도 없었다.

싸아아.

곧 안개가 흩어지고, 은빛 빛무리마저 다시 은서호의 몸속으로 사라졌다.

그 모습을 계곡 아래에 숨어 있던 한 존재가 지켜보고 있었다.

"꾸이?"

* * *

나는 눈을 떴다.

"으……."

여기가 어디지?

나는 내게 남아 있던 기억을 떠올렸다.

분명 지진이 일어났고, 그로 인해 진호 형이 행수를 보호하다가 굴러떨어질 뻔했지.

그래서 내가…….

나는 내 손을 들어 보았다.

마지막에 진호 형의 팔을 잡고 있던 손을 스스로 놓았던 것이 기억났기 때문이다.

 그 순간, 왠지 진호 형의 잘린 머리가 눈앞에 아른거렸으니까.

 그때 내가 진호 형을 잡은 손을 놓지 않았다면 절벽 아래로 떨어진 건 진호 형이 되었을 거다.

 내 순간적인 판단이었지만, 진호 형을 살리고 내가 죽는 거라면 불만은 없다.

 무림맹과 백천상단에 복수하기로 한 건 가족들을 위해서다.

 진호 형이 죽었는데 복수라니…….

 뭔가 웃기잖아.

 세 법 높은 절벽에서 떨어졌음에도 멀쩡히 살아 있는 것을 보면, 내 복수는 하늘의 뜻인 듯하다.

 그런데, 나 왜 멀쩡하지?

 온몸의 뼈가 조각조각 나서 죽었어야 당연한 건데?

 나는 그 자리에 앉아 운기조식을 하기 시작했다. 내 운기조식을 방해할 만한 건 없어 보였으니까.

 "후우……."

 운기조식을 마치고 눈을 뜬 나는 소지품 중 혹시 잃어버린 것이 있나 살폈다. 가장 중요한 건 내 주머니다.

 다행히 주머니는 잘 있네.

 팔찌도 멀쩡하고.

 그때였다.

"응?"

언제 나타났는지 내 손안에 들어올 만큼 작은 뭔가가 내 앞에서 나를 바라보고 있었다.

"아! 깜짝이야!"

나는 기척도 없이 내게 다가온 그 존재에 기겁했다.

하지만 그건 반짝이는 눈으로 나를 바라보고 있을 뿐이었다.

그래서 천천히 그 뭔가를 살펴보았다.

그 모습은······.

돼지?

그렇다. 돼지였다.

무척 작은 연분홍색의 돼지였는데, 둥글게 말린 꼬리 끝과 네 발은 금색의 털이었다.

그리고 내가 아는 돼지보다 얼굴도 둥글둥글하고 몸통도 둥글둥글했다.

전체적으로 둥근 그 모습은 마치 연분홍색 실뭉치 같다는 생각이 들었다.

그러니까······.

"큼, 귀, 귀엽네."

진짜 귀여웠다.

한참을 살펴보았지만, 나에게 해를 입힐 존재로는 보이지 않았다.

그런데 돼지를 닮은 그것이 뿔뿔거리며 내 무릎을 타고 넘어와 내 주머니를 작은 손으로 톡톡 건드렸다.

그러고는 나를 빤히 바라보았다.

용돈을 달라고 조르는 것 같네.

차마 그 시선을 외면할 수 없었다.

나는 주머니에서 은자 하나를 꺼냈다. 반쯤은 왜 내 주머니를 건드린 건지 호기심에서 비롯한 행동이었다.

나는 은자를 그 녀석에게 내밀었다.

"이거 달라는 거지?"

"꾸?"

정말 자신을 주는 거냐는 물음인 듯하여 나는 고개를 끄덕였다.

"그래. 너 가져."

내 말이 떨어지기 무섭게, 그 녀석은 잽싸게 내 손에 있는 은자를 물었다.

그리고.

꿀꺽.

삼켰다.

"……!"

깜짝 놀란 나는 얼른 그 녀석을 잡고 흔들었다.

"야! 그거 먹는 거 아니야! 뱉어! 얼른!"

"꾸우! 꾸! 꾸!"

하지만 녀석은 신난 듯 웃다가 내 손을 빠져나와 내 소매 안으로 쏙 들어가 버렸다.

"하아……."

나는 한숨을 내쉬었다.

"그래, 뭐. 은자 몇만 개를 꿀꺽해도 멀쩡하신 분들도 많은데, 고작 은자 하나 삼켰다고 뭔 일이 있겠냐."

나는 자리에서 일어났다.

나 때문에 진호 형은 물론이고 다들 슬퍼하고 있을 것이다. 누가 봐도 죽었다고 생각할 테니까.

그리고.

어머니에게 무사히 돌아가겠다고 했는데…….

그나저나 길이 어디지?

그때, 내 소매에 들어가 있던 녀석이 바닥에 사뿐히 내려오더니, 꼬리를 흔들었다.

둥글게 말린 꼬리였지만, 신기하게도 꼬리로 의사소통이 가능한 듯했다.

"따라오라고?"

"꾸!"

녀석은 쪼르르 앞으로 향했고, 나는 녀석을 따라 걸었다.

그렇게 걷기를 한 식경.

내 앞에 동굴 하나가 나타났다.

그리고 녀석의 꼬리가 그 동굴 안을 가리켰다.

"안으로 들어가라고?"

"꾸!"

녀석이 그러는 데에는 이유가 있을 것 같다는 생각이 들었다. 하여 나는 녀석을 따라 동굴 안으로 들어갔다.

동굴 안에도 안개가 자욱했다.

조심조심 그 안으로 들어간 나는 발걸음을 멈추었다.
"이건……."
내 앞에 보이는 건 커다란 돌에 박힌 검 한 자루였다.
그 검은 모든 것이 은색이었다.
검신부터 시작해서 검 자루는 물론 검병 끝에 달린 수술까지.
나는 검을 향해 다가가 검신에 새겨진 글자를 읽었다.
은무검(銀霧劍).
은색 안개의 검이라는 의미다.
그리고 나는 이 검에 대해 알고 있었다.
내 지난 삶에서 이 은무검의 주인은 무림맹주였으니까.
당시 황제에게 뭔가 도움을 주었던 맹주는 이 검을 하사받았다.
이걸 내가 가지고 간다면 무림맹주가 황제에게 이걸 하사받을 일은 없다.
문제는 내가 이걸 손에 넣을 자격이 있냐는 것.
저 은무검은 특별한 검이다.
자격 없는 자가 저 검을 뽑으면, 반발 현상이 일어난다고 한다.
검을 잡은 자는 광인이 되는 거다.
억지로 굴복시킨다고 해도 검은 제 능력을 온전히 발휘하지 못한다.
여러모로 까다로운 검이다.

그러고 보니 반발 현상 중에 하나가 안개라고…….

"꾸잇!"

그때 녀석이 화들짝 놀라며 내 소매 안으로 쏙 들어가 버렸다.

나를 향한 강렬한 살기.

나는 얼른 뒤를 돌아보았다.

뒤에는 한 무사가 손에 검을 들고 나를 향해 다가오고 있었다.

"그건, 내, 검, 이다, 내, 검, 이다."

눈빛이나 말투나 확실히 정상은 아니었다.

"저, 저는 이 검에 욕심이 없…… 이크!"

하지만 내가 그리 말한다고 해도 나에 대한 적대감은 사라지지 않고 있었다.

그자의 검은 나를 향해 계속해서 몰아쳤다.

미치고 팔짝 뛰겠네.

대체 이자는 어디서 나타난 거야?

나는 그자가 계속해서 중얼거리는 '내 검이다'라는 말에서 실마리를 얻었다.

설마 이 무사, 이 검을 손에 넣으려다가 저리된 거야?

은무검을 자격 없는 자가 잡으면 광인이 되니까.

쾅!

콰아!

서걱-!

나는 계속해서 그자의 공격을 피하며 동굴 안을 빙글빙

글 돌았지만 이대로는 끝이 없었다.

어떻게든 결판을 내야 했다.

나는 허리의 검을 뽑았다.

스릉.

그러고는 내가 배운 진설십이식검법을 펼치기 시작했다.

내가 볼 때 나를 공격하는 광인의 실력은…… 최소 절정이다.

지금 나는 아직 일류에 머물러 있었다.

내공이 살짝 늘었지만, 그래도 절정의 벽을 넘을 수는 없었다.

그러니까 지금 내가 쓸 수 있는 방법은 두 번째 초식인 적설이다.

우우웅.

나는 내공을 끌어 올리며 검을 들었다.

그리고 나를 공격하는 광인 무사를 향해 검을 내질렀다.

보통은 검을 배워서 처음 사람을 향해 공격할 때, 살수를 쓰는 것을 무의식적으로 주저한다.

나 역시 그랬다.

그러나 내가 검을 휘두르지 않으면 내가 죽는다는 것을 깨닫게 되면 살수를 쓸 수밖에 없다.

지금의 나처럼 말이다.

지금 내 옆에 사부님이 계시지 않아서 다행이었다.

예리하신 사부님이라면 분명, 상대방에게 살수를 쓰는 것을 주저하지 않는 나에게서 수상함을 느끼셨을 테니까.

광인 무사는 내 검을 가볍게 피했고, 다시 나를 공격했다.

챙-!

채앵-!

나는 검을 휘둘러 광인 무사의 검을 막아 내며 동시에 그에게 공격을 가했다.

하지만 솔직히 일류 무사가 어떻게 절정 무사에게 비빌 수 있겠는가?

내 몸에 상처만 늘어날 뿐이었다.

문득 이전 삶에서 죽기 전의 기억이 떠올랐다. 그때처럼 지금도 내공이 바닥난 상황이기 때문이다.

하지만, 여기서 죽을 수는 없다.

나에게는 반드시 이루어야 하는 목표가 있다.

그런 내 간절함은 계속해서 검을 휘두르게 했다.

점점 아무것도 생각나지 않았다.

그와 동시에 신기한 현상이 일어났다. 나와 광인무사의 움직임이 객관적으로 보였기 때문이다.

이게 바로 풍문으로 들었던 '관조'인가?

내 검이 조금 더 정교하고, 조금 더 빨라지는 기분이 들었다.

내 몸에 하얗게 서리가 앉은 그때였다.

채앵-!

더 이상 검이 버티지 못했는지 칼날이 깨져서 날아가 버렸다.

그와 동시에 나는 퍼뜩 정신을 차렸다.

"헉!"

내 검이 부러졌다고 광인 무사가 공격을 멈추어 주는 배려심 넘치는 행동은 없었다.

나는 얼른 몸을 굴러 그 공격을 피했다.

게으른 나귀가 바닥을 구른다는 나려타곤의 꼴이었지만 그게 문제인가?

지금 칼침 맞아 죽게 생겼는데.

뒷걸음질 치면서 물러나던 중, 검이 박힌 커다란 바위에 부딪혔다.

툭.

퇴로가 막혀 버렸다.

아, 젠장.

검이 있었다면.

검만 있었다면.

그리 생각할 때였다. 순간 바위 전체가 웅웅거리기 시작했다.

그리고.

퍼억-!

바위가 산산조각이 나더니 우르르 쏟아졌다.

어느새 내 손에는 은무검이 들려 있었다.

"어라? 이게 왜 내 손에 들려 있는 거지?"

그러나 지금 그걸 신경 쓸 겨를이 없었다.

내 손에 은무검이 들린 것을 보자마자 광인 무사의 기세가 더욱 사나워졌기 때문이다.

살기가 마치 내 몸을 저미는 듯했다.

이왕 이렇게 된 거…….

나는 검을 잡고 호흡을 가다듬었다.

그리고 지금 내가 익히고 있는 여덟 번째 초식을 떠올렸다.

일점현빙(一點懸氷).

목표는 광인 무사의 심장이다.

왠지 모르겠지만, 지금이라면 일점현빙의 묘리를 살릴 수 있을 것 같다는 생각이 들었다.

차분히 심호흡을 했다.

단전의 바닥났던 내공이, 왜인지 가득 차 있었다.

그리고 방금 전에 경험했던 것을 떠올렸다.

지금이다!

내 손에 들린 은무검이 매서운 속도로 광인 무사의 심장을 향해 쏘아졌다.

푸욱-!

살이 뚫고 지나가는 감각조차 없었다. 너무나도 쉽게 관통해 버렸다.

광인 무사의 눈빛이 원래대로 돌아왔다.

"죄송합……."

왜 나에게 죄송하다는 거지?

"내 품에…… 서신…… 내 잘못에 대한…… 속죄."

잘못에 대한 속죄라고?

그리고 광인 무사는 숨을 거두었고, 나는 은무검을 회수했다.

털썩.

광인 무사가 바닥에 쓰러졌다.

"하!"

나는 그대로 바닥에 주저앉았다. 진짜 힘들었다.

내가 쥐고 있는 은무검을 내려다보았다.

검날에 맺힌 은빛의 빛무리는 틀림없는 검기다.

절정에 오른 거다.

아까 아무 생각 없이 섬을 휘둘렀던 그때가 말로만 듣던 무아지경이었던 모양이다.

다행이었다.

내가 절정에 오르지 않았다면, 바닥에 쓰러져 죽은 건 나였을 테니까.

그리고 막 절정이 된 내가 광인무사를 이길 수 있었던 건 이 은무검 덕분이기도 했다.

역시 보검은 보검이었다.

바닥에 나뒹굴던 은색의 검집이 보였고, 나는 그 검집에 검을 갈무리했다.

탁.

그 순간.

우우우웅--!

주변의 안개들이 움직이기 시작하더니 내 손에 들린 검으로 모조리 빨려 들어갔다.

마치 안개라곤 존재하지 않았다는 듯이.

뭐야?

무출무산의 범인이 은무검이었던거야?

.
.
.

나는 내 이전 삶을 떠올렸다.

황궁에서 무출무산을 해결하기 위해 조사단을 보내어 조사하던 중에 무출무산이 사라진 일.

황제에게 무림맹주가 은무검을 하사받았던 일.

이 일에는 황궁이라는 공통점이 있다.

그러니까 황궁의 고수가 이 검을 손에 넣었고, 검집에 검을 갈무리하면서 무출무산이 사라진 거다.

그리고 이 검은 훗날 맹주에게 하사된 거고.

자격이 없는 자가 이 검을 쥐면 미쳐 버린다던 말은 거짓말인 듯했다.

내가 이 검을 쥐어도 멀쩡한 것을 보면 말이지.

하긴, 그러니 황궁의 고수가 이 검을 손에 넣을 수 있었겠지.

그러니 자격 없는 자의 손에서는 그냥 위력만 제한될 뿐인 듯했다.

무림맹주가 이 검으로 걸출한 위력을 보였다는 말은 들어 보지 못했으니까.

그때 내 왼쪽 옷소매에서 녀석이 빼꼼히 고개를 내밀었다.

"꾸이."

내 손에 들린 은무검을 보더니 꿀꿀 하고 웃었다.

"너, 혹시 나에게 이걸 가져가라고 이 동굴로 나를 데리고 온 거냐?"

내 물음에 녀석은 고개를 끄덕였다.

"뭐, 어쨌든 고맙다."

내 은자를 먹은 대가인가 싶었다.

아무튼 내가 이 검을 잡아도 별 이상이 없는 것이 확인되었고, 또 내 손에 이 검이 들어왔다.

그러니까 잘 써먹어야지.

무림맹주의 손에 들어가서 무고한 이들이 피를 흘릴 바에는, 내가 쓰는 게 훨씬 나을 테니까.

나는 내 부러진 검을 회수했다.

그 와중에 내 검이 왜 부러졌는지 알 수 있었다.

막 절정이 된 내 검기를 버티기에는 내 검이 약했던 거다.

부러진 검날이 꽁꽁 얼어 있다는 것이 그 증거였다.

그리고 광인 무사의 시신은…….

그러고 보니 광인 무사가 죽기 전에 그랬다.

자신의 품 안의 서신은 자신의 잘못에 대한 속죄라고.

나는 광인 무사의 시신으로 다가가 그 품을 뒤져 보았다.

혹시라도 중간에 살아나는 건 아닌가 했지만, 그런 일은 없었다.

그의 품에서 신분을 증명하는 패와 서신 하나가 나왔다.

무사의 오른쪽 품에 있었던 덕분에 은무검이 이것들을 뚫어 버리지 않을 수 있었다.

다행이라고 해야 하나?

신분패에는 설풍궁(雪風宮)의 유덕진이라는 글자가 적혀 있었다.

서신은 이미 뜯어져 있었다.

어차피 죽은 사람의 것이기에 나는 망설임 없이 서신을 꺼내어 읽어 보았다.

[내가 일전에 일렀듯이 그 검을 내게로 가져와라.
그러면, 너를 내 아들로 인정해 주마.]

발신인은 적혀 있지 않았다.

하나 서신의 내용으로 보아, 발신인은 이자의 생부임을 짐작할 수 있었다.

그런데 설풍궁이라고?

거긴 이미 십여 년 전에 멸문한 곳인데?

북방에는 지금도 여전히 막강한 세력을 자랑하는 곳이 있다.

바로 북해빙궁이다.

그곳을 수호하는 가문으로 알려진 곳이 바로 설풍궁인데, 십여 년 전 그곳은 멸문당했다.

누구에 의해 멸문당했는지, 어떤 일이 있었는지는 아무도 모른다.

북해빙궁이 자신들의 치부를 숨기기 위해 설풍궁을 멸문시켰다는 둥, 북해빙궁을 노리는 어떤 세력이 빙궁의 수호 가문인 그곳을 멸문시켰다는 둥 소문만 무성할 뿐이다.

사실 그곳은 실체도 명확하지 않은 곳으로서, 검 한 자루로 북풍한설을 몰고 온다는 신비로운 무가였다.

그러니까 지금, 이 유덕진이라는 자가 이 검을 가지고 가던 중에 이런 일이 생긴 거다.

솔직히 나는 정확하게 무슨 일이 있었는지는 모른다.

하지만 이 서신이 중요하다는 건 알 것 같았기에, 신분패와 서신은 내 주머니에 넣었다.

동굴에서 나가려고 할 때 광인 무사 아니, 유덕진 무사의 시신이 눈에 걸렸다.

하여, 나는 바짝 마른 나무를 구해 와 그자의 시신을 태워 주었다.

나는 그 앞에 살짝 고개를 숙였다.

정당방위긴 했지만 내 검에 죽은 자이다.

최소한의 예의라도 보여야 한다는 생각이 들었다.

짧은 묵념을 마친 후 나는 동굴에서 나왔다.

자욱하던 안개는 전부 사라진 후였다.

아까 은무검을 검집에 꽂았을 때, 은무검이 안개를 흡수한 게 맞았던 모양이다.

"야."

내가 녀석을 부르자 녀석은 소매 속에서 빼꼼히 고개를 내밀었다.

"이제 어디로 가야 하냐? 넌 길을 알고 있지?"

내 물음에 녀석은 내 소매에서 나왔다.

그런데 아까 유덕진과 싸울 때 이 녀석은 대체 어떻게 소매 안에서 버텼던 거지?

뭐, 방법이 있었겠지.

"내 일행들을 만나야 하거든."

녀석의 꼬리가 왼쪽을 가리켰고, 나는 녀석을 따라 길을 걸었다.

* * *

팔갑과 일행이 은서호를 찾기 시작하고 다음 날이 되었다.

절벽 아래로 내려가야 했지만, 아무리 밧줄을 길게 묶어도 절벽 저 아래까지 밧줄을 타고 내려가는 건 불가능해 보였다.

남은 방법은 산을 빙 돌아서 아래로 내려가는 방법뿐이었다.

밤에는 한 발자국도 움직일 수 없었기에 휴식을 취했지만, 그 누구도 쉬이 잠들지 못했다.

남아서 은서호를 찾기로 한 이들의 대부분은 은서호가 죽었을 거라고 생각했다.

그래서 시신이라도 수습해야 한다는 생각을 가지고 있었다.

하지만 왠지 팔갑은 은서호가 죽었을 거라는 생각이 들지 않았다.

근거는 없었다.

이유도 없었다.

그냥 그런 생각이 들 뿐이었다.

날이 밝자마자 그들은 다시 길을 나섰다.

그렇게 걷고 또 걸을 때였다.

어느 순간 그들은 산이 뭔가 달라졌음을 깨달았다.

산 아래 자욱하게 깔려 있던 안개가 순식간에, 흔적도 없이 사라진 것이다.

"안개가…… 사라졌습니다요."

대체 이게 무슨 조화인지 영문을 알 수 없었다.

하지만 안개가 걷힌 덕분에 그들은 은서호가 떨어진 낭떠러지가 무척이나 깊었음을 알 수 있었다.

그 말은 은서호의 생존 가능성이 더 없다는 의미다.

"……가지."

이곳에 남아 일행을 이끌기로 한 소군덕 표두의 말에 그들은 다시 발걸음을 옮겼다.

그렇게 반나절을 걸었을 때였다.
소군덕 표두가 손을 들었다. 정지하라는 의미다.
이내 풀숲에서 십여 명 정도의 무리가 나타났다.
무기가 제각각인 것이 딱 봐도 녹림패였다.
묘하게 어설펐지만.

* * *

녀석의 안내를 받아 한 시진 정도 걸었을 때였다.
멀리서 냉병기 부딪치는 소리가 들렸다.
이를 들었는지 녀석은 재빨리 내 왼쪽 소매 안으로 쏙 들어가 버렸다.
그곳으로 다가간 나는 당황했다.
아니, 저기서 왜 저러고 있는 거야?
여응암 무사와 이필 무사, 소군덕 표두와 은풍대의 무사 네 명, 그리고 서우 무사였다.
그들 중 발군은 소군덕 표두와 서우 무사였다.
나는 서우 무사가 왜 그리 이름이 높았는지 알 것 같았다.
진짜 잘 싸우네.
마치 나비가 날 듯이 가벼운 몸놀림으로 녹림패들을 처리했다.
그래서 백접검이라 불린 건가?
하지만 전투는 좀처럼 끝나지 않았다.

겨우 세력이 비등해졌을 뿐이다.

그런데 저들은 왜 여기서 치고 박고 싸우는 거야?

소군덕 표두 일행이 남은 건 나 때문이겠지.

그런데 그들이 상대하는 십여 명의 이들은 녹림패처럼 차려입고 있지만, 녹림이 아니다.

녹림이라기에는 뭔가 살짝 어설펐으니까.

살수를 쓰는 것을 망설이고 있었다.

자세히 보니 그들이 쓰는 검법은 특징이 있었다.

검로가 을(乙)자를 그리고 있었다.

나는 그런 검로로 검을 쓰는 문파를 알고 있다.

잠시 전투가 소강상태에 접어들었고, 나는 서둘러 그들 앞으로 나아갔다.

이러다가 누구 하나 죽는다면 쉽게 일이 끝나지 않을 것 같았으니까.

"검로가 특이하게 휘어지는 것을 보니 사을검법(蛇乙劍法)이고 그건 여강 쪽에 있는 을명파(乙銘派)의 검법인데 어째서 백도무림의 이들이 녹림패를 흉내 내고 있는 것입니까?"

내 말에 저들은 무척이나 당황하여 나를 보았다.

예상대로다.

"누, 누구냐?"

그들의 물음에 나는 피식 웃었다.

"제 이름은 은서호. 은해상단 현풍국의 국주입니다."

"꾸이!"

나는 내 왼쪽 소매를 툭 쳤다.

조용히 해.

그때 옆에서 누군가 후다닥 달려왔다. 마치 곰이 달려오는 듯했다.

"도련님! 아이고! 도련님! 진짜 도련님 맞으십니까요? 어떻게 살아 계신 겁니까요?"

팔갑은 나를 안고 통곡했다.

그런 팔갑을 보자, 괜히 미안한 마음이 들어 등을 토닥여 주었다.

"미안해. 이야기하려면 좀 길어."

우선은 이들과 이야기를 먼저 끝내야 한다.

하여 팔갑을 진정시키고는 그들에게 고개를 돌렸다.

"왜 여기서 녹림패 노릇을 하고 계신 거냐고 물었습니다만?"

내 물음에 그들은 머뭇거렸다.

정곡을 찔린 표정이었고, 그건 내 말대로 그들이 을명파의 제자들이라는 의미다.

"혹시 돈이 필요하여 그러십니까?"

"……!"

그들은 한층 더 당황한 표정이 되었다.

그럴 줄 알았지.

나는 을명파에 대해 안다.

그들은 돈이 없어서 무림맹에 돈을 빌렸고, 그 때문에 이용당하다가 결국은 흑도로 몰려 멸문당했다.

나는 그들 가운데 있는 한 무사를 보았다.

반쪽짜리 가면을 쓰고 있는 자.

저자가 반면검객(半面劍客)이구나.

훗날 반면검객이라는 이름으로 활동하던 낭인에 의해서 을명파의 우수함이 알려졌다.

하긴, 칼이 쓸 만하니까 무림맹이 저들을 이용했겠지.

"그래서, 돈이 필요한 이유가 뭡니까?"

내 물음에 그들은 머뭇거렸다.

"제가 돈이 좀 많습니다. 원하신다면 빌려드릴 수도 있습니다. 하지만 제 배려를 무시하신다면 을명파는 백도에서 흑도가 되겠죠."

"……."

"그길 원하십니까?"

그때 옆에서 한 무사가 말했다.

"대사형! 한 사람이 더 추가되었다고 해도 저희가 더 우세합니다. 그리고 돈이 많다고 하지 않습니까?"

"……."

"허장성세입니다. 다 죽여 버리면 아무도 모를 겁니다."

"……."

"대사형! 이대로 장문인이 돌아가시는 것을 보고만 있을 것입니까?"

나는 옆에서 쫑알대는 무사를 보았다.

하아…….

어쩐지 아까부터 역겨운 기운이 느껴진다 했는데…….

그래도 절정에 오르니 확실히 사부님의 말씀대로 역겨운 기운을 견디는 것이 어렵지 않아졌다.

아무튼, 특정 발음을 할 때마다 어색한 저 표정을 보니, 확실하다.

인피면구를 쓰고 있다.

나는 무흔보법으로 그에게 다가가 그자의 얼굴을 잡아 뜯었다.

막을 새도 없이 순식간에 당한 탓에 그자는 당황했다.

그러나 다른 이들이 더 당황했다.

그의 얼굴 아래에서 다른 얼굴이 드러났기 때문이다.

"……."

자신의 진짜 얼굴이 드러났음을 깨달은 그는 도주를 시도했다.

하지만 그 시도는 미수에 끝났다.

반쪽짜리 가면을 쓴 자의 검이 그자의 팔을 베어 버렸기 때문이다.

"크아아악!"

"네놈은 누구냐?"

"……."

"그건 돌아가서 묻자꾸나."

"으, 으윽……."

대사형이라 불린 자는 매서운 눈으로 그의 혈도를 점해 지혈을 시킨 후 마혈을 점했다.

은진호, 실종되다 〈87〉

그리고 나를 향해 포권했다.

"을명파의 십일대 제자 윤을이 은공께 폐를 끼쳤습니다."

"귀 문파에 암약하던 놈을 잡아내어 다행입니다."

그는 내 일행들에게도 일일이 포권했다.

"저희를 흑도라 탓하셔도 할 말이 없습니다. 저희가 녹림패 짓을 한 것은 사실이니까요. 다만, 모든 것은 저의 잘못이니 저 하나만 고발하는 것으로 일을 끝내 주셨으면 합니다."

그는 내 앞에 무릎을 꿇었다.

"부탁드립니다."

그 말에 다른 제자들이 무릎을 꿇었다.

"아닙니다! 대사형이 저자의 말에 휘둘리고 있음에도 직언을 하지 못한 저희의 잘못입니다."

"저희 역시 똑같은 죄인입니다."

"부디 저희만 벌하시고, 저희 문파에는 알리지 말아 주십시오."

"장문인께서 이를 아신다면…… 크흑!"

나는 그들을 바라보다가 말했다.

"그래서 얼마나 필요합니까?"

"네?"

"얼마나 필요하냐고 물었습니다. 조금 전, 장문인께서 편찮으시다고 하던데."

대사형이라는 자가 머뭇거리며 대답했다.

"은자 백 냥 정도……."

나는 주머니에서 금원보 하나를 꺼내 내밀었다.

"받으십시오."

내 말에 그는 당황한 표정으로 나를 보았다.

"그건…… 금원보가 아닙니까?"

"맞습니다."

"그렇게 큰돈은 받을 수 없습니다."

대사형이라 불린 자가 손을 내젓자 나는 피식 웃었다.

"누가 공짜라고 했습니까?"

"네?"

"모든 돈에는 대가가 있는 법이고, 이 돈 역시 대가가 있는 돈입니다."

내 말에 그는 긴장된 눈으로 나에게 물었다.

"그 대가가 무엇입니까?"

"저희 은해상단 아래로 들어오는 겁니다."

"……의미를 모르겠습니다."

"어렵게 생각하실 건 없습니다. 제가 여러분을 도왔으니 여러분도 저희 상단이 어려울 때 도와주시면 됩니다."

"그건 은공에게 당연히 해야 할 도리입니다. 그걸 대가로 제시하시면 저희가 부끄럽습니다."

"나중에 저희 은해상단에 뭔 일이 있을 줄 알고 그러십니까? 도와야 할 일이 나서기 어려운 일일 수도 있습니다만?"

"은공께서는 그런 일이 시킬 분이 아닌 듯합니다."

"하하하."

나는 호탕하게 웃었다.

"저 제법 가혹한 고용주입니다. 안 그러냐?"

내 물음에 팔갑이 훌쩍이며 대답했다.

"가혹한 고용주는 맞습니다요. 절벽에서 떨어져 놓고는 멀쩡하시면…… 진작 오시지, 사람 애간장을 다 태우시고…… 훌쩍."

나는 뺨을 긁적이며 말을 이었다.

"아무튼, 네, 뭐 그런 거죠. 사실 다 핑계고, 저는 아까 여러분들의 모습에서 을명파의 미래를 보았습니다. 다들 뛰어나시더군요."

아무리 이쪽의 수가 적다고 해도 한 명 한 명이 고수들이다.

그런 자들을 상대로 분전하여 비등한 전력을 만들었다는 것만으로 그 저력을 알 수 있었다.

"하여 그 미래에 투자하는 겁니다."

윤을 무사는 내 말뜻을 알아들은 건지 고개를 끄덕였다.

"알겠습니다. 은공의 은혜를 받아들이겠습니다."

나는 인피면구가 벗겨진 채 피투성이가 된 자를 본 순간, 어떤 생각이 퍼뜩 떠올랐다.

"혹시, 장문인께서 편찮으시기 시작한 것이 언제부터였습니까?"

그가 잠시 고민하더니 입을 열었다.

"올해 초부터였습니다."
"혹시 저자가 장문인의 곁에서 시중을 듭니까?"
"네. 시중을 드는 제자 중 하나입니다."
"그럼 호북성의 백발화의라 불리는 허청이라는 분을 초빙하여 장문인의 병세를 보도록 하십시오."
"그분은 왜?"
"해독에 관해서는 제가 아는 한 최고의 의원이니까요."
"……해독이라면?"
을명파 대사형의 안색이 변했다. 그게 무슨 의미인지 모를 리가 없다.
나는 고개를 끄덕였다.
"네, 아무래도 독인 듯합니다."

* * *

어느 객잔의 객실 안.
은진호는 침울한 표정으로 침상에 앉아 있었다.
"서호야……."
아직도 은서호가 잡았던 자신의 팔에는 그 감각이 선명했다.
그리고 미소 지으며 손을 놓던 장면도.
'왜…… 손을 놓았던 거냐.'
은서호가 찼던 정강이는 아직도 퍼렇게 멍이 들어 있었다.

"참 호되게도 찼네."

그만큼 자신이 답답하고 멍청해 보여서 그랬을 거다.

몇 년 전부터 몸이 좋지 않아서 걱정했었는데, 어느 순간 건강해졌다.

그래서 다행이라고 생각했었다.

참으로 총명하고 당찬 동생, 은서호.

그가 죽었다.

동생의 죽음을 가족들에게 어떻게 알릴지도 걱정이었지만, 그를 다시는 보지 못한다는 사실에 너무 가슴이 아팠다.

그는 이불에 얼굴을 처박고 오열했다.

그때, 밖이 갑자기 소란스러워졌다.

"어? 어어? 으, 으, 은서호 도련님?"
"흐억! 아니! 어떻게 살아 계시, 아니 이게 아니라, 표두님! 막충 표두님!"
"정충 조장님! 은서호 국주님께서 돌아오셨습니다!"
"은서호 국주님께서 살아 돌아오셨다고요!"

'뭐라고? 서호가 살아 돌아왔다고?'

천 길은 더 되어 보이는 낭떠러지에서 떨어졌는데, 살아 있다니!

자신이 직접 봐야 했다.

두 눈으로 직접 확인해야만 했다.

그는 벌떡 일어나 창문을 열었다. 그러고는 그대로 창문을 통해 뛰어내렸다.

이 층이었지만, 무공을 익히고 있는 그에게는 문제가 되지 않는 높이다.

마침 객잔 마당에 들어선 이의 모습이 보였다.

여전히 잘생긴 얼굴.

총기가 가득한, 당당한 눈빛.

은서호다.

은서호가 맞았다.

그는 자신을 보며 미소 지었다. 자신을 잡았던 손을 놓았던 그때의 그 미소다.

"나 돌아왔어, 진호 형."

그 미소 그대로 돌아왔다.

"걱정 많았지? 걱정하게 해서 미…… 으윽!"

이번에는 은진호가 은서호의 정강이를 호되게 차며 소리쳤다.

"이 멍청아! 대체 무슨 생각으로 그딴 짓을 한 거야! 한 번만 더 그렇게 해 봐! 내가…… 내가…… 저승까지 쫓아가서 흠씬 패 줄 거다!"

"진짜 미안해, 형."

다시는 그러지 않겠다는 소리는 하지 않았다.

"그런데 혹시 전에 그 안개 숲에서 내가 형의 정강이를 찬 거 마음에 담아 두고 있던 건 아니지?"

은진호는 왠지 동생이 얄미워서 정강이를 한 번 더 찼다.

퍽!

* * *

나는 마차 창문으로 보이는 풍경을 바라보았다.
익숙한 풍경이다.
배에서 내려 마차를 타고 상단으로 향하다 보니 뭔가 감회가 새로웠다.
나는 모두에게 내가 살아 돌아온 일에 대한 자초지종을 설명했다.
솔직히 나도 내가 어떻게 살아 있는지 모른다.
그래서 그냥 눈을 떠 보니 바닥에 멀쩡하게 누워 있었다고 말했다.
그리고 내 무릎에 앉아 있는 이 녀석을 얻었다고 말했을 뿐이다.
은무검에 대해서는 말하지 않았다.
혹시나 하는 마음에서다. 사람 일은 모르는 거니까.
은무검은 지금 내 주머니 안에 있다.
내 이야기를 듣고도 사람들은 의아함을 감추지 못했지만, 막충 표두가 정리해 주면서 마무리되었다.

"아무래도 산신의 도움인 듯합니다. 옛날부터 그 산에는 산신이 산다는 말이 있었으니까요."
"정말 그런가 보네요."

"그러니까 저 영물도 얻으신 거겠죠."

그 말에 모두 납득했다.
그럴 수밖에 없는 것이, 그게 아니면 내가 멀쩡히 살아 있다는 것이 설명되지 않았으니까.
나는 초롱초롱한 눈으로 내 무릎에 앉아 나를 바라보고 있는 녀석을 보았다.
무슨 일이 일어났는지, 넌 알고 있냐?
이 녀석이라면 알지도 모른다는 생각이 들었다.
하지만 이 녀석이 말을 할 수 없으니…….
옆에서 팔갑은 드렁드렁 코를 골며 잠들어 있었다. 이 녀석을 씻기겠다면서 난리를 친 결과다.
그나저나 대단한데?
저 팔갑을 지치게 만들 수 있다니 말이야.
팔갑의 수고 덕분에, 이 녀석의 진짜 털 색이 분홍빛에 가까운 하얀색이라는 것을 알게 되었다.
그렇게 한참을 달려 우리는 은해상단에 도착했다.
"팔갑아."
"음냐……."
"팔갑아, 일어나."
"음냐…… 이 녀석…… 너 우리 도련님 잘 모셔라…… 음냐음…… 우리 도련님이 엄청 대단한…… 음냐……."
아, 진짜 뭐라는 거야?
아니, 서우 무사랑 두 호위무사는 왜 또 고개를 끄덕이는 건데?"

할 수 없군.

내 무릎 위의 녀석에게 눈짓하자, 녀석은 폴짝 뛰어서 뒷발로 팔갑의 얼굴을 퍽 찼다.

"으억!"

그러고는 언제 그랬냐는 듯이 가볍게 내 무릎 위에 착지하여 다소곳하게 앉아 팔갑을 보는 내숭까지.

갖출 건 다 갖췄네.

팔갑은 화들짝 놀라 주위를 두리번거렸다.

"덤벼! 이 녀석!"

"일어나."

"네?"

"집에 다 왔어."

마차에서 내리자, 미리 연락을 받은 가족들이 우리를 반갑게 맞아 주었다.

특히 실종되었던 진호 형이 돌아왔으니 가족들이 느끼는 감회는 더욱더 남달랐다.

"진호야!"

"흐윽! 진호, 우리 아들…… 이 어미가 얼마나 걱정했는지 아니?"

그 모습을 보니 나도 모르게 양심이 콕콕 찔렀다.

하마터면, 저 자리에서 내 사망 소식을 듣게 할 뻔했으니 말이다.

내가 절벽에 떨어졌다가 돌아온 것에 대해서는 추후에 정충 조장이 보고하기로 했다.

그때 여창의 부관이 내게 다가왔다.

"오셨습니까?"

"네."

"그러면 얼른 현풍국으로 와 주십시오. 밀려 있는 일들이 좀 많습니다."

아니, 나 간신히 살아 돌아왔는데 쉬지도 못하고 일을 해야 하는 거야?

대체 현풍국의 국주가 누구야?

아…… 그거 나지?

·

·

·

다음 날 아침.

어젯밤 일을 마무리하고 늦게 잠들었지만, 내 기상 시간은 변하지 않았다.

운기조식을 하고 자리에서 일어났을 때, 시간을 딱 맞춰서 사부님께서 문곡당 안으로 들어오셨다.

"사부님 오셨습니까?"

"좋은 아침입니다."

사부님께서 나를 보며 말을 이으셨다.

"막충 표두에게 들었습니다. 절벽에 떨어졌다가 기적적으로 생환하셨다고요."

"……."

나는 얼른 사부님께 깊게 고개를 숙였다.

"사부님께 심려를 끼쳐 드려 송구합니다."

"아닙니다. 살아 돌아왔으니 다행입니다."

사부님이 팔갑과 두 무사를 쳐다보자, 그들은 뭔가 무언의 압박을 받았는지 순순히 문곡당에서 나갔다.

원래 무공을 전수하는 모습은 타인이 봐서는 안 되는 것이니 두 무사가 나가는 것은 당연하지만, 오늘은 팔갑까지 내보냈다.

"절정에 오른 것을 감축드립니다."

"아, 아시는군요."

역시 사부님은 예리하셨다.

"깨달음을 얻으신 듯하고, 그게 그 영물을 얻은 것과 관련이 있는 듯합니다."

영물이라면…….

나는 옷소매에서 그 녀석을 꺼내 내밀었다.

"이 녀석을 말씀하시는 겁니까?"

"꾸?"

사부님은 한참 동안 그 영물을 바라보셨다. 그리고 내 손바닥의 녀석도 멍하니 사부님을 마주 보았다.

조심스럽게 사부님의 얼굴을 살피자, 눈동자가 떨리고 있었다.

"아직 남은 녀석이 있었군요."

"네?"

사부님이 이 녀석에 대해 알고 계시는 건가?

"이 녀석은 대체 뭡니까?"

"그 영물은 한호수(寒護獸)입니다. 과거 설풍궁을 수호하던 영물입니다."

설풍궁이라면······.

"이 녀석은 본능적으로 설풍궁 특유의 한기에 이끌립니다. 그래서 국주님께 다가갔나 봅니다."

"네?"

"사실, 국주님이 익히는 저희 가문의 가전 무공이······ 하아······."

사부님의 한숨이 무겁게 느껴졌다.

"바로 설풍궁의 무공이기 때문입니다."

사부님이 나를 보며 말씀하셨다.

"설풍궁이 어딘지 아시는 모양입니다."

"풍문으로 들은 정도입니다."

"그럼 어느 정도 아신다는 뜻이군요."

나를 바라보는 사부님의 눈빛이 너무나도 슬퍼 보였다. 아니, 그건 슬픔보다는 그리움에 가까웠다.

아니다.

분노도 섞여 있었다.

대체 왜 그곳이 멸문당한 것인지 궁금했지만, 물을 수가 없었다.

그건 너무 잔인한 짓이 될 테니까.

"그래서 되도록 무공의 연유에 대해 밝히지 말라고 하

셨군요."

"제가 이걸 말씀드리는 건, 국주님이라면 비밀을 지켜 주실 거라 믿기 때문입니다."

"사부님의 믿음에 보답하도록 하겠습니다."

그나저나 사부님이 설풍궁의 사람이셨다니!

이전 삶에서는 몰랐다.

혹시나 하긴 했다.

내가 익힌 무공의 위력이 다른 무공에 비해서 무척이나 고강했으니까.

그리고 심법 이름이 태음빙해신공이다.

신공이라는 이름을 붙일 정도의 광오함은 쉽게 보일 수 있는 것이 아니다.

아무튼, 그 사실을 지금의 삶에서야 제대로 듣게 된 것이다.

혹시 이 말씀을 하시려고 다 문곡당에서 내보내신 건가?

사부님은 감정을 추스른 듯, 다시 말을 이었다.

"한호수, 이 녀석은…… 돈을 좋아합니다. 왜냐하면, 돈을 먹고 사는 녀석이기 때문입니다."

아…….

그래서 이 녀석이 내 은자를 삼켰구나.

은근히 걱정했는데, 그게 밥이었다니.

"그래서 돈 냄새를 기가 막히게 잘 맡습니다. 또 자신이 먹고살기 위해 돈 많은 주인을 고르지요. 그리고 녀석이 맡는 돈 냄새에는 현재의 돈 냄새뿐만 아니라 미래의 돈 냄새도 포함되어 있습니다."

나는 내 손바닥 위의 녀석을 보았다.

그래서 나를 주인으로 고른 거라면 주인을 참 잘 골랐다는 생각이 들었다.

앞으로 굶을 일은 없을 테니까.

"그런데…… 혹시 이 녀석에게 돈을 주었습니까?"

그 물음에 나는 고개를 끄덕였다.

"네. 돈을 달라는 듯이 보여서 은자를 꺼내서 줬더니 그걸 날름 삼켰습니다만, 그걸 어찌 아셨습니까?"

내 물음에 사부님이 피식 웃었다.

"국주님께 딱 달라붙어 있으니까요."

사부님이 말을 이으셨다.

"이 녀석은 한 번 돈을 받으면, 그가 죽을 때까지 주인으로 섬깁니다. 그리고 주인이 아닌 자가 주는 돈은 절대 먹지 않습니다."

"그건 다행이네요."

"이 녀석이 먹어 치우는 돈에 한계는 없습니다만, 한 달에 은자 하나씩만 줘도 충분합니다."

"그 밖에 주의할 것이 또 있습니까?"

"없습니다. 알아서 잘 지내는 똑똑한 녀석이니까요. 유지비는 좀 들지만 그 값을 하는 녀석입니다."

"그렇군요. 그러면 잘 키워 보겠습니다."

나는 그렇게 답하고 녀석에게 말했다.

"야, 검술 수련해야 하니까 잠시 저쪽에 가 있어."

사부님이 가볍게 고개를 저으며 제지했다.

"그 녀석이라면 여기 있어도 상관없습니다. 세상에 존재하는 무기 중에 녀석을 벨 수 있는 건 없으니까요."

"네?"

"이 녀석에 대한 건 나중에 천천히 알아보십시오."

"저······."

나는 사부님을 불렀다.

"왜 그러십니까?"

"사실 제가 낭떠러지 아래에서 얻은 건 이 녀석뿐만이 아닙니다."

"······?"

나는 몰래 보관해 두었던 은무검을 꺼냈다.

사부님이 설풍궁의 사람이라고 하셨지.

그렇다면 이 검도 알아보실 터.

예상대로 사부님은 은무검을 보고는 눈을 부릅떴다.

"이건······ 설마, 은무검입니까?"

아까도 놀라셨긴 하지만, 이 정도까지 놀란 사부님의 모습은 처음 본다.

"그런 듯합니다."

나는 사부님께 그곳에서 있었던 일을 이야기했다.

이 녀석을 따라 들어간 동굴 안에서, 이 검을 본 것과 광인 무사와 싸웠던 일.

무아지경에 든 일과 결국 절정에 오른 일.

그리고 이 검이 내 손에 들어왔던 일과 그 광인 무사의 마지막 말.

이 검을 검집에 넣자 안개가 사라졌던 일까지.

마지막으로 그곳에서 챙겼던 신분패와 서신을 꺼내어 내밀었다.

"그자가 품에 가지고 있던 것입니다."

사부님은 신분패를 받아들더니, 설풍궁 유덕진이라는 글자가 적힌 부분을 쓰다듬었다.

이어 서신을 펼쳤다.

그리고 잠시 후, 얼굴이 일그러졌다.

왠지 그 표정을 알 것 같았다. 그건 가문이 멸문당한 자만이 지을 수 있는 표정이었다.

나 역시 지난 삶에서 경험했었으니까.

23장. 만결의 선

 남궁강 백천상단주의 검이 내 목을 꿰뚫는 감각이 아직도 생생하다.

 당시 내가 느꼈던 절망, 분노, 슬픔 등등…….

 그게 사부님의 얼굴에 떠오르고 있었다.

 사부님은 그것을 품에 갈무리했다. 하지만 은무검에는 손을 대지 않으셨다.

 어느새 사부님의 얼굴도 평소와 같이 돌아왔다.

 하지만 눈시울이 붉어져 있는 것을 보니 내가 잘못 본 건 아닌 듯했다.

 "하나 묻겠습니다. 그 검이 스스로 손에 잡혔다고 하셨지요?"

 나는 고개를 끄덕이며 답했다.

 "네. 그리고 이 검은 주인에게 돌려드리는 것이 맞다고 생각합니다."

"돌려주실 필요 없습니다. 그 검이 인정했으니, 그 검의 주인은 국주님입니다."

사부님의 말씀에 나는 고개를 갸웃했다.

"이 검이 저를 인정했다는 것이 혹시 동굴에서 봤던 그 무사처럼 미치지 않았기 때문입니까?"

사부님은 힘겹게 말을 이으셨다.

"그 검이 인정한 주인이 죽고 없을 땐 그 검을 뽑아도 해가 없습니다. 다만 제 능력을 발휘하지 않을 뿐입니다."

그래서 무출무산을 해결한 황궁의 고수와 무림맹주가 멀쩡했던 것이군.

"그 검은 자신이 인정한 주인과 연결되며, 그 주인이 원할 때 스스로 검집을 벗어나 손에 잡힙니다."

"……."

"그게 주인이라는 증거이며, 그 상태에서 다른 이는 검을 뽑지 못합니다."

그러니까 이 검은 내가 아닌 다른 이의 손에서는 무용지물이라는 거다.

아니, 못 쓴다는 거다.

"그러니, 국주님이 쓰셔야 합니다."

"그럼 이건 돌려드리지 못하는 겁니까?"

"국주님이 사망하면 가능합니다."

"……."

그럼 할 수 없이 이건 내가 사용해야겠네.

그런데 문제가 있었다.

"이 검을 다른 사람이 알아볼 겁니다. 그러면……."

"그럴 일은 없습니다."

"네?"

"그 검은 주인이 누구냐에 따라 모습이 달라집니다. 그 주인이 사용하기에 가장 좋은 형태로 스스로 모습을 바꾸는 신검입니다."

"신검…… 이요?"

"네. 그 검의 정확한 이름은 은무신검(銀霧神劍)입니다."

"……."

주인에 맞추어서 형태를 바꾼다니…….

놀라운 이야기였다.

"국주님이 그 검의 새로운 주인이 되면서 형태가 바뀌었을 테니, 그 검이 은무검이라는 것을 알아볼 자는 없습니다."

사부님의 확답에 나는 고개를 끄덕였다.

어쩐지 처음 봤을 때와 지금의 형태가 살짝 달라졌다 싶었는데…….

"알겠습니다."

"그럼 수련을 시작하겠습니다."

나는 그런 사부님을 보며 대단하다는 생각이 들었다.

멸문한 가문에 대한 잔흔을 봤음에도 최대한 마음을 가

라앉히고, 냉정하게 스승으로서 해야 할 바를 거르지 않으시는 것을 보니 말이다.

그런 사부님의 마음에 부응하기 위해, 평소보다 더 열심히 수련에 임했다.

그러던 중 문득 드는 의문.

사부님께서는 검신에 새겨진 이름을 보지도 않고 이 검이 은무검이라는 것을 어떻게 알아보셨던 걸까?

* * *

곽명현은 문곡당을 나서며 쓰게 웃었다.

'은무신검을 이렇게 보게 되다니…….'

은무신검이지만 검신에는 은무검이라 새겨져 있는 이유는, 진정한 주인의 손에 들어가면 신검이지만 그 외의 이들에게는 그저 평범한 검일 뿐이기 때문이다.

이는 설풍궁주에게 대대로 내려오는 신물이었다.

하지만 어느 날 갑자기 그 검이 사라졌고, 얼마 지나지 않아 설풍궁은 멸문하고 말았다.

아버지의 명으로 임무를 나갔다가 돌아왔을 때, 설풍궁의 모든 것은 파괴되어 있었다.

시신들은 모두 불타 있었기에 흉수를 짐작할 수도 없었다.

곽명현은 아직도 그날을 기억하고 있었다.

그 후로, 그의 삶은 완전히 바뀌었다.

숨겨 놨던 재물로 표국을 세우고 자신의 부관을 국주로 내세웠다.

자신은 평범한 표두로 전 중원을 돌아다니면서 설풍궁이 멸문한 연유에 대해 조사하기 시작했고, 그렇게 보낸 세월이 십여 년이나 되었다.

그런데 오늘, 전혀 예상치 못했던 사건을 마주한 것이다.

은무검과 한호수, 그리고 유덕진.

"유덕진, 이 개 같은 새끼가……."

설풍궁주의 신물인 은무신검이 사라진 이유를 이제야 알게 되었다.

문득 그는 자신의 가문에서 대대로 내려오는 유지를 떠올렸다.

[누구든지 은무신검이 주인으로 삼은 자가 설풍궁의 궁주가 될 것이다]

그 유지대로라면 은서호가 설풍궁의 궁주라는 의미다.

'그건 그렇고, 한호수는 여전히 돈 냄새는 기가 막히게 맡는구나.'

은서호를 주인으로 삼다니 말이다.

사실 한호수는 설풍궁의 수호 영물이라기보다는 궁주의 수호 영물에 더 가까웠다.

한호수가 주인으로 삼는 자는 두 가지 조건을 충족해야

했기 때문이다.

빙공을 익힐 것.

돈이 많아야 할 것.

두 가지 조건을 충족하는 이들 중에 가장 돈이 많은 자는 궁주였으니까.

어쩌면 은서호의 체질이 현룡성체라는 것을 알게 되었을 때부터 이걸 예상했을지도 모른다.

'그나저나 아직 나이가 스무 살도 되지 않았음에도 절정의 경지라니!'

그 예언이 계속해서 생각날 수밖에 없었다.

그래도 아직은 은서호에게 무거운 짐을 지게 할 수는 없었다.

'이게 스승의 마음인가 봅니다, 아버지……'

* * *

사부님이 나가시고, 나는 마당에 드러누웠다.

아, 오늘도 빡셌다.

사부님의 정성에 보답하고자 오늘 특별히 더 열심히 수련해서 그런지 더더욱 힘들었다.

"꾸?"

녀석이 내 가슴 위로 올라와 고개를 갸웃했다.

왠지 그 시선이 '고작 이게 힘들다고 이러는 거냐?'라는 듯 보여서 괜히 부아가 치밀어 올랐다.

"아, 진짜 힘들다고."

그러자 녀석이 앞발로 토닥여 주었다.

왠지 자존심 상하네.

그나저나 이 녀석이 설풍궁의 수호 영물이었단 말이지.

이제 나를 주인으로 삼았으니 이름 정도는 지어 줘야겠지.

"너, 이름 뭐로 할래?"

"꾸이?"

"네 이름 말이야. 계속해서 '이 녀석'이라고 부를 수는 없잖아."

"꾸꾸."

"너도 동의하지? 가만 보자, 뭐가 좋을까?"

내 가슴 위에 올라가 있는 녀석을 보니 동글동글한 것이 마치 방울처럼 보였다.

방울…….

돈을 먹는 방울이라…….

나는 피식 웃었다.

"결정했다. 앞으로 네 이름은 금령(金鈴)이다."

내 말에 녀석, 아니, 금령은 웃는 듯이 보였다.

웃으니까 더 귀엽네.

.

.

.

씻고 옷을 갈아입은 나는 식당으로 향했다.

오늘은 오랜만에 모든 가족이 함께하는 아침 식사다.

식당 하녀들이 음식을 내왔다.

오늘 아침은 닭죽이다.

가족들이 모두 한 장소에 둘러앉아 아침을 먹고 있는 모습을 보자니, 감회가 새로웠다.

진호 형도 그렇고, 나도 그렇고.

까딱했으면 이런 단란함은 깨졌을 테니까.

이번 일을 겪으면서, 나는 내가 바꾼 미래로 인해 예상하지 못한 일이 생기더라도 내가 나서서 해결하면 된다는 것을 깨달았다.

그러니까 더는 낙담하지 않을 거다.

그때 어머니가 말씀하셨다.

"아, 그런데 요즘 의창 쪽에서 돌림병이 돌고 있다는 소문이 들리던데. 괜찮을까요?"

"안 그래도 요즘 그 문제 때문에 걱정이오."

돌림병?

설마 그건가?

내가 열여덟 살이 되기 전 여름에 돌림병이 발병하기 시작하여 다음 해까지 수많은 사상자가 발생했었다.

"돌림병이 심해지면 임시로라도 본단을 옮겨야 할 수도 있을 듯하오."

아버지의 말씀에 나는 기억을 더듬었다.

당시 돌림병은 심해졌고, 하여 은해상단은 잠시 본단을 호남 쪽으로 옮겼었다.

은해상단의 이들과 가족들의 건강을 위한 조치였지만, 그러지 말았어야 했다.

그로 인해 숭양현의 사람들에게 인심을 잃었기 때문이다.

나중에 백방으로 뛰고 재물을 뿌리며 회복하긴 했지만, 그로 인해 상단의 성장이 더뎌졌던 것도 사실이니까.

.

.

.

아침을 먹은 후, 현풍국의 일을 처리하고 잠시 짬을 내어 저잣거리로 나갔다.

잡화점 노인을 만나기 위해서다.

노인은 오늘도 여전히 탁자 앞에 앉아 지나가는 이들을 바라보며 여유를 즐기고 있었다.

이곳에서 잡화점을 계속해야 하는지 고민이라시더니, 그냥 이곳에 눌러앉기로 하신 모양이다.

"왔느냐?"

노인의 말에 나는 포권하며 인사했다.

"오랜만에 뵙습니다."

나는 주머니에서 혈응환을 꺼내어 탁자 위에 올려놓았다.

"덕분에 제 형을 찾을 수 있었습니다."

"그랬다면 되었다."

노인은 혈응환을 집어 뒤로 휙 던졌다.

착.

신기하게도 혈응환은 원래 있던 자리에 쏙 들어가 자리 잡았다.

"그건 그렇고……."

노인은 나를 보며 씩 웃었다.

"기연을 만난 모양이구나."

"네?"

"네놈의 소매 속에 숨어 있는 녀석 말이다."

"아……."

역시, 바로 알아차리시는구나.

나는 내 왼쪽 소매에 들어가 있던 금령을 꺼내어 보이며 말했다.

"금령이라고 이름을 붙였습니다."

"잘 어울리는 이름이구나."

노인은 고개를 끄덕였다.

"잘 키워라."

"네."

그런데 노인의 말은 금령에 대해 알고 있다는 뜻으로 들렸다.

"혹시 이 녀석에 대해 아십니까?"

"전에 황제 폐하의 명을 받아 북해빙궁에 갔을 때 본 적이 있지."

"그러셨군요."

나는 노인의 앞에 앉았다. 그리고 은자 하나를 내밀었다.

"이게 뭐냐?"

"상담료입니다."

"상담?"

"네. 어르신께 상담드릴 것이 있습니다."

내 말에 노인이 끌끌 웃으며 말했다.

"그래, 상담할 것이 무엇이냐?"

"이번에 의창 쪽에서 돌림병이 발생했다고 합니다."

"아…… 그래, 그거라면 나도 들어서 알고 있다."

"그 돌림병을 막을 수 있는 방법은 없습니까?"

"내가 의선이냐? 그걸 내가 어찌 알아?"

"모르십니까? 어르신은 아실 거라고 생각했는데……."

내 말에 노인은 버럭했다.

"이 녀석아! 누가 모른대?"

"방금 모른다고……."

"의선은 알 거라는 말이었다."

"의선…… 이요?"

"그래. 만결의선이 지금 거기에 가 있다더구나."

만결의선(萬決醫仙).

의선 중 하나로, 누더기를 입고 다니며 돈 없는 자의 병을 봐 주는 이였다.

그런 중에 옷이 해어져 터져도, 만 번이나 기워 입는다하여 그런 이름이 붙었다.

돈이 많은 자에게는 진료비를 왕창 받았다.

그리고 그 돈으로 약재를 사서 돈 없는 자를 무료로 진료해 주는 것이다.

그런데 그 실력이 무척이나 뛰어나 돈 많은 이들은 거금을 들여서라도 그에게서 진료를 받고자 했다.

그의 전문 분야는 돌림병.

그도 그럴 것이, 돌림병이 돌면 보통 영양 상태가 부족한 가난한 이들부터 죽어 나가기 시작했기 때문이다.

그러다 보니 본의 아니게 돌림병 전문이 된 것이다.

"그는 알 거다. 그게 무슨 병이며, 치료 방법이 무엇인지 말이다."

.
.
.

은해상단으로 돌아가는 길.

이필 무사가 물었다.

"주군, 혹시 의창으로 가실 생각이십니까?"

"네."

나는 발을 멈추고 말했다.

"혹시라도 돌림병이 도는 그곳에 가는 것이 꺼려지신다면 가지 않으셔도 됩니다. 같이 가지 않아도, 저는 이를 탓하지 않을 겁니다."

내 말에 팔갑이 얼른 말했다.

"행여라도 저를 떼어 놓고 가실 생각을 하시면 아니 됩니다요! 저는 도련님 옆에 꼭 붙어 있을 겁니다요."

팔갑의 뒤를 이어 여응암 무사와 이필 무사가 대답했다.

"저희가 주군의 뒤를 따르는 건 당연합니다."

"그렇습니다."

이필 무사가 말을 이었다.

"한데 제가 그것이 궁금한 건, 왜 가시냐는 겁니다."

"그야 당연히 전염병을 막아야 하니까요."

"그럼 주군께서는 호남으로 가지 않으신다는 겁니까?"

"네."

나는 고개를 끄덕였다.

"저는, 아니, 우리는 가지 않을 겁니다. 우리 은해상단이 시작한 곳이 여긴데 가긴 어딜 갑니까?"

"……."

"지금까지 우리 상단이 이렇게 번창하게 된 것도 이곳에 사는 이들 덕분입니다. 그런 그들을 버리고 떠나는 건 그들에 대한 배신이라고 생각합니다."

내 말에 이필 무사의 눈시울이 붉어졌다.

아니, 왜들 그러는 건데?

"앞으로, 충성을 다하겠습니다."

"저 역시 죽어서도 충성을 다할 겁니다."

좀…… 부담스러웠다.

그날 오후.

나는 아버지에게 출장 신청서를 냈다.

"응? 출장을 간다고? 잠깐…… 장소가 의창이라고?"

"네."

"거기가 지금 어떤 상황인지 알고서 간다는 것이냐?"

"압니다. 지금 돌림병이 돌고 있는 상황입니다. 그래서 그곳에 가는 겁니다."

"……어째서냐?"

"그곳에 만결의선이 계신다고 합니다. 그분께 돌림병을 고칠 수 있는 방법에 대해 여쭈어보려고 합니다."

"그럼 사람을 보내어……."

"돌림병이 도는 곳에 말입니까?"

"……."

"저는 은해상단 상단주의 아들로 태어난 이상 이 상단을 발전시켜야 한다는 의무를 한시도 잊어 본 적이 없습니다."

"……."

"지금도 그 생각뿐이죠. 그러하기에 아버지께 드리는 말씀입니다."

나는 말을 이었다.

"임시라고는 해도 본단을 옮겨서는 안 됩니다."

가족들이 돌림병에 걸릴 수 있음에도 내가 이리 말하는 이유가 있었다.

돌림병은 숭양현 바로 코앞까지 왔지만, 이곳 현 내까

지 퍼지지는 않았기 때문이다.

그러나 지난 삶에서 우리는 지레 겁먹고 본단을 옮겼었다.

그래서 더더욱 상단이 욕을 먹은 것이다.

만약 숭양현까지 돌림병이 퍼지는 상황이었다면 나는 다른 선택을 했을지도 모른다.

가족들의 생사가 달린 일이니까.

이기적이라고 생각될 수도 있겠지만, 나는 원래 이기적이라서 가족이 제일 중요하거든.

하지만 그게 아닌 이상, 본단을 옮기는 건 악수(惡手)다.

나는 차분하게 아버지를 설득했고, 아버지는 한숨을 내쉬며 말씀하셨다.

"그래, 네 말이 맞다. 우리는 이곳 숭양현에서 시작했고 이곳 사람들 덕분에 여기까지 성장할 수 있었다. 그런데 돌림병 때문에 그들을 구휼하기는커녕 본단을 옮긴다는 생각을 하다니! 내가 어리석었구나."

아버지의 말에 나는 얼른 말을 이었다.

"아닙니다. 아버지의 마음을 아는데 어찌 탓하겠습니까?"

"이해해 주니 고맙구나."

아버지는 나를 바라보시며 고개를 끄덕이셨다.

"좋다. 다녀오거라."

그렇게 생각보다 쉽게 내 의창행이 결정되었다.

"그런데…… 네 어미는 네가 설득하거라."

그러면서 슬쩍 고개를 돌리는 것이, 어째 내가 진호 형 일행을 구조하기 위해 간다고 했을 때를 보는 듯했다.

어머니는 어떻게 설득하지?

하지만.

"다녀오거라."

"네?"

"왜 그리 놀라느냐?"

"아, 아니…… 어머니께서 허락하지 않으실 줄 알았습니다."

내 말에 어머니는 한숨을 내쉬었다.

"마음 같아서는 가지 말라고 하고 싶지만, 너는 은해상단 상단주의 아들이다. 그 말은 사익이 아닌, 은해상단의 이익을 위해 일해야 한다는 것이다."

"……."

"이 어미의 생각으로, 현재 은해상단의 이익을 위해서는 이곳을 떠나지 않고 구휼에 힘써야 한다고 생각한단다."

"어머니……."

"물론 전에는 네가 꼭 가지 않아도 되는 일이었기에 반대한 것이지만, 이번에는 아니구나."

어머니는 피식 웃었다.

"무가의 딸이 어느새 상단주의 아내가 다 되었네."

"그래도 여전히 아름다우십니다."
"이 녀석, 이 어미를 놀리는 것이냐?"
"그럴 리가 있겠습니까? 하하하."

 뜻밖에도 어머니의 허락은 쉽게 떨어졌고, 나의 의창행은 일사천리로 준비되었다.
 그리고 자원을 한 이들과 함께 의창으로 출발했다.

.
.
.

 의창으로 향하는 뱃길은 시간이 많이 소요되었다.
 장강을 타고 거슬러 올라갔으니까.
 그래도 강이 제법 넓어 큰 배로 이동할 수 있었다.
 하지만 배에서 내린 후에는 험한 산세 때문에 잔도로 이동해야 했다.
 내 기억에 의하면 의창에서 수많은 이들이 목숨을 잃었다.
 그건 구휼이 제때 이루어지지 않았고, 그로 인해 병세가 더욱 심해진 이들이 많았기 때문이다.
 잔도로는 쌀이나 물품을 수레로 나를 수가 없었다.
 하여 나 역시 쌀을 짊어지고 걷고 있었다.
 팔갑과 두 호위가 만류했지만, 일꾼 한 사람이 아쉬운데 이 정도도 짊어지지 못해서는 의창에 가는 이유가 없었다.

드디어 우리는 의창에 도착했다.

"멈추시오!"

그때 관군들이 우리를 막아 세웠다.

"이 앞은 돌림병으로 인해 통제되었소."

이에 나는 품에서 문서 하나를 꺼내어 내밀었다.

"은해상단에서 왔습니다. 여기, 특별 출입 허가중입니다."

그건 호북성 포정사 대인에게서 받아 온 것이다.

의창에 구휼미와 약초를 지원하겠다는 말에 포정사는 반색하며 얼른 이 허가증을 써 주었다.

"총기님을 얼른 모셔 와라."

"네!"

곧 그들 중에는 가장 직위가 높아 보이는 한 남자가 다가와 수하에게 자초지종을 듣더니 내게 말했다.

"이곳을 지키는 총기(總旗)입니다."

"은해상단의 은서호입니다."

"출입 허가증을 보여 주십시오."

나는 허가증을 내밀었고, 허가증을 읽어 본 그는 내 뒤쪽의 물자를 보며 놀란 표정으로 물었다.

"저게 다…… 구휼을 위한 물자입니까?"

"그렇습니다. 쌀과 채소, 그리고 고기를 비롯하여 약재들을 챙겨 왔고, 앞으로도 더 가져올 예정입니다."

"지부 대인과 지현 대인께서 기뻐하시겠군요. 귀 상단에 감사를 표합니다. 들어가시지요."

그 말에 나를 비롯하여 안으로 들어갈 자들과 밖에서 머물며 물자를 나를 이들을 구분했다.

돌림병이 돌고 있는 상태다.

출입 허가증이 있었기에 얼마든지 드나들 수 있었지만, 그건 돌림병이 더욱 퍼지게 할 수 있는 일이다.

구휼을 위해 온 내가 돌림병이 전 중원으로 퍼지는 원흉이 될 수는 없지.

"그럼 저희는 가 보겠습니다."

"나머지 짐들도 잘 부탁드립니다."

내가 고개를 숙이며 인사하자 일꾼들은 황송해했고, 다시 짐을 가지러 포구로 향했다.

그리고 나는 나와 함께 안으로 들어가기로 한 이들에게 말했다.

"그럼 우리도 이동합시다."

우리는 신호를 받고 달려온 관군의 안내를 받아 안으로 들어갔다.

나를 따라서 통제구역 안으로 들어온 이들은 모두 자원을 하여 들어온 이들이었다.

나는 그들에게 물었다.

"정말 저를 따라서 안으로 들어가셔도 후회하지 않겠습니까?"

내 물음에 그들은 고개를 끄덕였다.

"네, 후회하지 않습니다."

"알겠습니다. 저를 이렇게 따라 주시니, 이 은혜는 절대 잊지 않겠습니다."

내 말에 그들 중 하나가 말했다.

"안 그러셔도 됩니다. 은혜라면 오히려 제가 입었습니다. 사실 이곳이 제 고향입니다."

"저 역시 그렇습니다."

"저도 여기가 고향입니다."

"부모님과 일가친척들이 계신 이곳에 돌림병이 발생했다는 소식을 듣고 걱정하던 차에, 상단에서 저희 고향에 은혜를 베풀어 주시니 감사할 따름입니다."

나는 하하 웃었다.

"목적이 있으셨던 거군요."

"송구합니다."

"아무튼 감사합니다."

나는 그들을 향해 단호하게 말했다.

"그 전에 한 가지 확실하게 말하고 갈 것이 있습니다."

나는 말을 이었다.

"이곳에 여러분들의 가족과 친지들이 있다 해도 구휼물자는 물론이고 모든 처치는 공평하게 제공할 것입니다."

"그래야겠죠."

다들 고개를 끄덕였지만, 아쉽거나 섭섭한 기색이 엿보였다.

내가 시작부터 딱 잘라 말하니 그런 것이다.

"서운하게 생각하셔도 할 수 없습니다. 하지만 이건 저를 따라 이곳에 들어온 여러분들의 가족과 친지들을 위한 것이기도 합니다."

"그게 무슨 말씀이십니까?"

그 물음에 나는 미소 지었다.

"불만이 어디서부터 시작되는지 아십니까? 바로 남과 자신을 비교하는 것에서 대부분의 불만이 시작됩니다."

모든 사람이 똑같은 개수, 똑같은 크기의 떡을 가지고 있을 때에는 불만이 생겨나지 않는다.

하지만 똑같은 개수에 똑같은 크기의 떡이라는 것은 가능하지 않다.

남의 떡이 더 커 보이니까.

불만족.

나는 그것이 욕망의 또 다른 이름이라고 생각한다.

그 불만, 즉, 욕망은 사람으로 하여금 더 나은 것을 추구하게 하고 노력하게 만든다.

하지만 세상은 다 바르게 생각하는 이들만 있는 것은 아니다.

또한, 극한 상황일수록 극단적인 생각을 하는 이들이 더 많아진다.

"만약 여러분의 가족과 친지들이라고 해서 뭔가를 더 챙겨 준다면, 다른 이들은 그걸 보고 어떻게 생각할까요?"

"글쎄요. 은해상단에 취직해야겠다?"

"그렇게만 생각한다면 감사하죠. 하지만 생사를 오가

는 이들입니다. 당장 내 새끼가 죽어 가고 있는데 남의 새끼가 보이겠습니까?"

"아······."

몇몇 얼굴이 굳어 가고 있었다.

내가 말하는 바를 알아차린 거다.

저들을 기억해 둬야겠다.

나중에 높은 자리까지 승진할 가능성이 있는 직원들이니까.

다른 이들을 위해 조금 더 자세히 설명해야겠군.

"여러분이 더 챙겨 준 물품을 뺏기 위해, 자신보다 더 많은 것을 누리는 것이 미워서, 여러분의 가족과 친지들에게 상해를 입힐 수도 있습니다."

"······!"

"제가 과장해서 말씀드린 것 같죠? 그런데 아닙니다."

나는 말을 이었다.

"여러분들이 가족, 친지들에게 더 주고 싶은 마음, 제가 어찌 모르겠습니까? 그리고 여러분들이 슬쩍 손을 써도 저는 알아차리지 못할 겁니다."

"······."

"그래서 지금 미리 경고하는 겁니다. 여러분의 가족이나 지인이 뭔가를 더 요구해도 단칼에 잘라 내셔야 합니다. 그래야 저들이 오해하는 상황 역시 막을 수 있습니다. 만약 못 하시겠다면 지금이라도 늦지 않았습니다. 이 안으로 들어오지 마십시오."

그때 누군가 물었다.

"저, 몰래 주면 되지 않습니까?"

누구냐? 이 바보 같은 질문을 한 자는?

"이 상황에서 비밀을 지키는 게 가능하다고 보십니까?"

"······."

"그럼 선택하십시오."

내 말에 잠시 고민하던 이들 중 몇몇이 내게 고개를 숙여 보였다.

"저는 그리 못 할 것 같습니다. 차라리 들어가지 않겠습니다."

"저도······."

"송구합니다."

나는 그들을 보며 고개를 끄덕였다.

그래, 이 선택도 나쁘지 않다.

내 말대로 할 수 없다면 지금 상단으로 돌아가는 것도 좋은 방법이니까.

"잘 생각하셨습니다."

그렇게 최종적으로 열다섯 명의 직원들이 나와 함께 통제구역 안으로 들어가게 되었다.

저들에게 관군의 협조를 받아 구호물자를 안으로 실어 나르도록 명한 나는 팔갑과 두 호위무사를 대동하고 발걸음을 옮겼다.

여기서 먼저 가야 할 곳이 바로 현청이다.

포정사 대인의 허가를 받았다고 해도 이곳에 위치한 현

청의 협조를 받아야 했기 때문이다.

.
.
.

 잠시 후, 나는 지현 대인과 만날 수 있었다.
 행정 책임자들을 만나서 이야기하는 데에는 도가 튼 지 오래다.
 무슨 말을 가장 좋아하는지, 어떤 말을 가장 듣고 싶어 하는지 알고 있었으니까.
 "황제 폐하도 알현하셨단 말인가? 아니, 말씀입니까?"
 "종종 뵙습니다."
 "대단하신 분이군요."
 "이곳에 와서 보니 참으로 대처가 빠른 것이 대인의 현덕을 이곳의 백성들이 누리는 듯합니다."
 "과찬이십니다."
 "황제 폐하께서도 이에 대해 들으신다면 기뻐하실 겁니다."

 그렇게 최고의 협조를 약속받을 수 있었다.
 그럼 이제, 본격적으로 일을 시작해 봐야겠군.
 듣자 하니 현재 만결의선은 자귀현에 있다고 한다.
 그곳은 돌림병의 근원지이면서 동시에 가장 상황이 안 좋은 곳이었다.
 "도련님, 정말 그곳에 가실 겁니까?"

"응."

"하지만……."

"괜찮아. 알잖아? 무공을 익히면 웬만한 병치레는 하지 않는다는 거 말이야."

"알기는 압니다만……."

그래서 어머니도 내가 이곳에 가는 것을 허락해 주신 듯했다.

"그렇다고 환자들 보느라 바쁜 분을 오라 가라 할 수는 없잖아."

그러니 내가 직접 가야지.

나는 곧바로 자귀현으로 향했다.

.
.
.

나는 이전 삶에서 돌림병이 돌고 있는 곳을 직접 와 본 적이 없다.

그렇기에 이 일에 대해서 막연하게 생각했던 것도 있었다.

그러니까 무슨 일이 일어나고 있는지, 어떤 상황인지 알고는 있어도 직접 두 눈으로 보는 것과는 다름을 지금 다시 한번 깨닫고 있었다.

집 앞에 깔아 놓은 멍석에 누워 신음하는 이들.

그리고 지친 얼굴로 그들을 간호하는 이들에게서는 희망이 보이지 않았다.

곳곳에서 메케한 연기가 피어올라 자욱했다.

내 기억 속에 남아 있는 이 냄새는 시체를 태우는 냄새다.

내가 죽을 때, 나와 일행을 습격했던 백천상단에서 증거를 없애기 위해 모든 것을 태우던 그때 맡아 본 적이 있는 냄새였으니까.

그때가 떠올라서인지, 아니면 마을의 분위기 때문인지 별로 기분이 좋지 않았다.

하긴, 지금 기분이 좋으면 미친놈이지.

사람들의 시선을 느끼며 걷던 중, 누더기를 입은 중년의 남자가 보였다.

만결의선이다.

나는 그를 보자마자 그에게서 느껴지는 기도에 순간 압도당할 뻔했다.

왜소한 몸집의 그는 평범한 의원이 아니었다.

아니, 의선이라는 이름이 붙었으니 당연히 평범한 의원은 아닐 테지만, 내가 본 만결의선은 그 이상이었다.

그는 고수다.

내가 짐작할 수도 없을 정도의 고수다.

그는 나를 향해 고개조차 돌리지 않았다. 분명 내 기척을 느꼈을 텐데 말이지.

이에 여응암 무사가 앞으로 나서며 뭐라고 하려고 할 때, 내가 얼른 그를 제지했다.

그러고는 공손하게 포권하며 말했다.

"처음 뵙겠습니다, 어르신. 제 이름은 은서호. 은해상단주의 삼남으로 이곳에 구휼을 위한 물자를 가져왔습니다."

내 말에 카랑카랑한 목소리가 들렸다.

그 목소리에서 그의 고집, 좋게 말하면 대쪽 같은 신념이 느껴졌다.

"공짜인가?"

"네?"

"자네가 가지고 온 구휼 물자. 공짜냐고 물었네."

그 물음에 나는 포권하며 말을 이었다.

"물론 공짜는 아닙니다."

나는 만결의선의 질문을 듣는 순간 느꼈다.

내 의도를 숨겨서는 안 된다는 것을 말이다.

물론 사람을 대할 땐 진심으로 대해야 한다. 하지만 그게 포장이 필요하지 않다는 건 아니다.

어느 정도 적당히 드러낼 건 드러내고 숨길 건 숨기는 포장이 필요했다.

툭 까놓고 말해 보라고 해도, 정작 까놓고 말하면 기분 나빠 하는 것이 대부분이다.

하지만 내 앞의 만결의선은 이미 내 패를 꿰뚫어 보고 있다.

"은해상단은 제가 가지고 온 구휼 물자를 통해 이곳 백성들에게 신뢰를 얻게 될 테니까요."

"그러니까, 밑지는 장사가 아니니 이렇게 왔다는 건가?"

"상인이 밑지는 장사 하는 거 보셨습니까?"

내 반문에 큰 웃음소리가 들렸다.

"크하하하하!"

만결의선은 파안대소했고, 그제야 내게 얼굴을 보여 주었다.

"자네, 보통이 아니군."

"그런 말 자주 듣습니다."

"그래그래, 속이 구린 다른 놈들보다 훨씬 낫군."

그는 자리에서 일어나며 말했다.

"내가 누군지 알고 온 건가?"

"네."

"그럼 나에게 온 건 인사를 하기 위함인가?"

"그것도 있지만, 제가 가지고 온 구휼 물자를 어떻게 쓰면 좋을지 논의하기 위해 왔습니다."

나는 말을 이었다.

"다른 누구보다 잘 아실 듯해서 말입니다."

"그건 맞지."

그리 대답하는 그에게서 자신의 실력에 대한 자부심이 보이는 듯했다.

"지금 환자들은 위와 장에 화기가 가득하여 소화가 제대로 되지 않을 거네. 냉기가 가득해도 소화가 안 되지만 화기도 소화가 안 되게 하니까."

"그렇군요."

"혹시 고기와 채소도 있나?"

"모두 가져왔습니다."

"쌀을 가루 내고 고기와 채소도 최대한 작게 잘라서 죽을 쑤어 식힌 후에 최소한 하루에 성인은 두 국자, 아이는 한 국자를 먹을 수 있도록 하게."

"알겠습니다."

"혹시 약재도 가지고 왔나?"

"저희 상단이 전문적으로 다루는 것이 약재입니다."

"아주 준비가 철저하군. 혹시 열증에 좋은 약재가 있나?"

"네."

"그건 나를 주면 되네."

"알겠습니다."

잠시 나를 보던 만결의선이 물었다.

"그래서, 나에게 궁금한 게 뭔가? 나에게 질문이 있다는 표정인데."

"네, 맞습니다."

"모처럼 마음에 드는 놈이니, 들어는 주마. 그래서, 궁금한 것이 뭐냐?"

기회다.

직접 물어보라고 하셨으니, 여쭤봐야지.

"이 돌림병, 더 이상 퍼지지 않게 하기 위해서는 어떻게 해야 합니까?"

"응?"

"저는 이 돌림병이 이곳에서 끝났으면 합니다. 그래서

어떻게 하면 막을 수 있는지 여쭈어보는 겁니다."

"자네가 방법을 몰라서 묻는 건 아닐 테고……."

그는 잠시 골똘히 생각하더니 말을 이었다.

"사실 이 돌림병은 나도 처음 보는 돌림병이긴 하지만, 치료 방법을 모르는 건 아니네. 왜냐하면 증세는 달라도 그 근본은 같거든."

"근본이 같다고 하시면?"

"이들이 앓는 건 열병이니 열을 내려야지."

만결의선은 말을 이었다.

"문제는 지금 열을 내릴 수 있는 약재가 부족하다는 것이네."

"필요한 약재가 무엇인지 말씀해 주신다면, 사람을 보내어 가져오게 하겠습니다."

내 말에 만결의선은 약재 이름을 불러 주었고, 나는 그 약재들을 적었다.

사실 한 번 듣고 기억할 순 있지만, 그러면 성의가 없어 보일 수 있으니까.

나는 약재 이름을 적으며, 왜 돌림병이 겨울까지 이어졌는지 알 수 있었다.

그가 요청하는 약재들은 대부분 겨울에 채취하는 것들이었다.

지금은 구월, 작년에 채취해 두었던 약재들이 대부분 바닥났을 시기다.

그나저나 우리도 재고가 간당간당할 것 같은데?

만결의선이 말을 이었다.

"사실 가장 좋은 건 영약이네."

"네? 영약이요?"

"음기를 머금은 영약 말이네. 그중에서도 설혼초가 있으면 좋을 텐데 말이지."

"다른 음기의 영약도 많을 터인데 그걸 꼭 집어서 말씀하시는 이유가 있습니까?"

"설혼초의 효능 중 하나가 위장의 회복이거든. 과한 열중으로 인해 손상된 장기를 회복시켜 치료 효과를 더욱 빠르게 하네."

"그렇군요."

"뿌리까지 달린 거 두 채만 있으면 이곳 사람들의 병구완을 하고도 남을 텐데 말이지."

만결의선은 한숨을 내쉬었다.

"하지만 한겨울, 눈 쌓인 곳에서만 자라는 그걸 지금 어찌 구할 수 있을까?"

아니, 구할 수 있다.

하지만 나는 그것을 내색하지 않았다.

전에 오동산의 장대수 채주와 거래한 것들 중에 설혼초가 있었다. 그리고 그 양도 상당했고.

게다가 다른 영초들에 비해 잘 팔리지도 않아서 재고가 상당히 많이 남은 영초기도 하다.

"그렇군요. 알겠습니다."

나는 즉시 사람을 통해 아버지께 서신을 보냈다.

그럼 이제 일해야지.
생각보다 일손이 무척이나 부족했으니까.
가지고 온 쌀과 고기, 그리고 채소로 죽을 끓이고 일일이 찾아다니며 배급하는 것도 일이 만만치 않았다.
처음에는 나 정도는 안 해도 되지 않을까 생각했던 것도 사실이었다.
하지만 막상 와 보니 내 생각이 잘못된 것이었다.
고양이 손이라도 빌리고 싶을 정도의 상황인데 나 혼자 빠지긴 어떻게 빠진단 말인가?

"감사합니다, 도련님. 이렇게 험한 곳에 식량을 가져다주시고……."
"별말씀을 다 하십니다."
"이 은혜를 어찌 갚아야 할지."
"나중에 저희 은해상단 물건을 많이 사 주시면 됩니다."
"꼭 그렇게 하겠습니다."
"그러려면 얼른 쾌차하셔야지요. 어서 드십시오."

가는 곳마다 이와 비슷한 대화가 이어졌다.
물론 배급에 관한 시비가 있긴 했다.

"내가 아까 봤어! 저 집에 더 많이 줬다고!"
"정량 배급 중입니다."

"그런 소리 집어치워! 저 집 아들이 은해상단에서 일한다면서? 왜 이곳에 같이 왔겠어? 더 챙겨 주려고 온 거 아니야?"

"맞네! 맞아!"

"사람이 그러면 안 되지!"

내가 예상했던 것과 같은 상황이 벌어지자 나와 함께 왔던 직원들은 한숨을 내쉬었다.

그리고 나를 바라보았다.

대단한 인물을 바라보는 듯한 눈빛인데, 좀 부담스러웠다.

우선, 이 소란부터 잠재워야지.

반복하여 이런 일이 벌어지면 칼부림까지 날 수도 있을 테니까.

"아까 이 집에 더 많이 줬다고 하셨죠?"

"그렇소!"

"무엇을 더 많이 줬습니까?"

"죽을 더 많이 퍼 주더군!"

"그걸 언제 보셨습니까? 사실 제가 이곳에 오기 전 직원들에게 경고했습니다. 만약 그런 일이 발생하면 해고한다고요."

물론 거짓말이다.

"사람을 억울하게 해고할 수는 없으니, 이에 대한 증언이 필요합니다. 언제 어디서 누가 어떻게 했는지 자세하게 설명해 주십시오."

그리고 손을 내밀자, 팔갑이 얼른 종이와 붓을 내밀었다.

나는 서판에 종이를 놓고 붓을 들며 말했다.

"받아 적을 준비되었습니다. 그래서, 언제였습니까?"

내 추궁에 그는 머뭇거렸다.

내 예상대로다.

저자의 말은 거짓말이니까.

혹시나 하는 마음에서 나는 집마다 배급한 것에 대해 정확하게 기록하게 했다.

그리고 매일 이에 대해 모두 앞에서 장부를 맞춰 보니, 허튼짓을 할 수 있는 방법이 없었다.

그걸 보며 팔갑이 '이러실 거면 왜 처음에 그리도 겁을 주신 겁니까?'라고 물었지만.

속내에는 꿍꿍이가 있다고 해도, 이런 상황에서는 상대방을 존중하는 모습을 보여 주는 것이 중요했다.

"왜 말씀을 안 하십니까?"

"그, 그게……."

"직원이 잘못했으면 그에 대해 책임지고 해고한다는데 왜 그러십니까? 어서 말씀해 주십시오."

"아, 아니, 뭘 그런 걸 가지고 해고까지……."

그때였다.

"정말 이 집 아들이 그랬다고요?"

"아닐 텐데?"

"아까 보니까 좀 더 달라는 어머니 말에 그러면 안 된다고 딱 잘라 말하던데?"

"내가 봐도 매정했지."

그 말에 나는 고개를 돌려 시비 건 자를 바라보았다. 나뿐만 아니라 모두 그를 쳐다보자, 그는 헛기침했다.

"내, 내가 잘못 봤나 보네."

"그러십니까?"

이제 강하게 나갈 차례다.

이럴 때 기강을 잡아 둬야 차후 이런 일이 재발하지 않기 때문이다.

"알겠습니다. 그럼 이 일은 없던 것으로 하겠습니다. 하지만 차후, 말도 안 되는 트집으로 우리 상단의 직원을 모함한다면……."

나는 모두를 스윽 바라보았다.

"제 성격이 꽤 더럽다는 것을 아시게 될 겁니다."

내 경고가 잘 먹혔는지 그 후로는 그런 논란이 없었고, 나중에 그 직원과 가족들이 찾아와 감사 인사를 했다.

.

.

.

그렇게 며칠이 지났다.

배급할 죽을 만들고 있을 때 관군 하나가 나에게 달려왔다.

"상단에서 사람이 왔습니다."
"아, 그렇습니까?"
나는 즉시 입구 쪽으로 향했다. 앞에 물건을 가득 쌓아 놓고 저 멀리서 직원이 나에게 소리쳤다.
최대한 접촉을 피하기 위함이다.
"필요로 하신 물품입니다."
"감사합니다."
"그곳에 상단주님의 서신도 있습니다."
"아버지께 건강하다고 전해 주십시오."
"알겠습니다. 모두 몸조심하십시오!"
우리는 그 물품들을 하나씩 안으로 나르기 시작했다.
그 가운데, 내 관심이 집중된 물건은 바로 커다란 상자 안에 담긴 것이었다.
나는 상자를 열어 보았다.
잘 보관된 설혼초 세 채가 들어 있었다.
그때 내 소매 안에 있던 금령이 고개를 쏙 내밀더니 설혼초를 보며 침을 흘렸다.
나는 금령의 침이 설혼초에 떨어지기 전 얼른 금령을 들어 올렸다.
"네 거 아니야."
"꾸……."
이 녀석, 혹시 음기를 띤 영초도 먹는 건가?
사부님께서는 돈을 먹는다고 했는데?
나는 주머니에서 은자 하나를 꺼내어 내밀었다.

"이건 안 되고, 이거 먹어."

순간 금령의 눈이 반짝거리더니 내 손에 들린 은자를 날름 받아먹었다.

역시 돈을 제일 좋아하긴 하는구나.

나는 설혼초가 든 상자를 들고, 팔갑과 두 호위에게 말했다.

"만결의선께 가죠."

"알겠습니다."

.

.

.

오늘도 만결의선은 분주하게 환자를 보고 있었다.

"어르신, 저 왔습니다."

"왔냐?"

몇 번 봤다고 이제는 편하게 말씀하시는군.

"네. 전에 말씀하신 약재를 가져왔습니다."

"저기 옆에 두면 된다."

그의 말에 나는 미소 지으며 말했다.

"이건 어르신께서 직접 보셔야 할 듯합니다."

"뭔데 그러느냐?"

"보시면 압니다."

만결의선은 내가 내미는 상자를 받아 마루에 올려놓았다.

그리고 뚜껑을 연 순간.

"……."

"어르신?"

"……."

"괜찮으십니까, 어르신?"

"……."

"혹시 어디 편찮으신 곳이라도?"

"내가 추태를 보였, 아니, 이건 좀 너무한 것 아니냐? 설혼초를, 설혼초를 이 정도나 가져오다니 말이다!"

"저희 상단 창고에 있어서 좀 털었습니다."

"이걸 그렇게 태연하게 말할 수 있는 자는 네 녀석밖에 없을 게다."

"그럼 이걸로 돌림병을 막을 수 있는 겁니까?"

"물론이다. 그런데……."

"왜 그러십니까?"

"이것도 공짜는 아닌 듯한데?"

만결의선의 물음에 나는 배시시 웃었다.

"맞습니다."

"그래서 대가가 무엇이냐?"

"그냥 저희 은해상단이 최고다, 하고 말씀해 주시면 그것으로 충분합니다."

"그럼 이 설혼초에 대해 이야기해도 되는 것이냐?"

"그건 대놓고 말씀하는 것보다 슬쩍슬쩍 흘리듯 말씀하시면 좋을 것 같습니다. 뭐, 은해상단에서 특효약을 제공해 줬다, 라는 식으로 말입니다."

내 말에 그는 피식 웃었다.

"뭐, 돈 드는 것도 아니니. 알겠다."

그리고 주변 의원들에게 빽 소리쳤다.

"뭐 하는 거야? 약 안 만들 거야? 거기 솥 있는 대로 물 가득 붓고 팔팔 끓여!"

"네!"

그리고 설혼초는 아무도 만지지 못하게 하고 자신이 직접 다루었다.

그나저나 다행이다.

아버지가 내 청을 들어주셔서 말이다.

나는 서신에 적힌 내용을 떠올렸다.

[이 녀석아, 아무리 그래도 너무 많이 털어 가는 것 아니냐? 하지만 이것보다 더 많은 것을 가져올 것을 알기에 보낸다. 몸조심하고 무리하지 마라.]

툴툴거리는 내용이지만, 그래도 아버지의 마음이 고스란히 느껴졌다.

약은 만들어지자마자 의창 전역으로 옮겨졌고, 돌림병의 기세는 서서히 수그러들기 시작했다.

덤으로 은해상단의 명성도 의창 전역에 퍼지고 있었다. 내가 기대했던 대로다.

그렇게 빠른 속도로 돌림병이 진정되어 가는 것을 확인

한 나는 이제 한숨을 돌렸다.

그때, 잠시 어디 다녀온 팔갑이 히죽 웃으며 나에게 다가왔다.

"도련님, 그거 아십니까요?"

"뭘 말이야?"

"제가 잠시 저잣거리에 나갔다 왔는데, 사람들이 선협미랑(善俠美郎)에 대해서 칭송하는 소리가 가득했습니다요."

"선협미랑? 그게 누군데?"

문득 기분이 나빠졌다.

열심히 고생했는데 왜 은해상단이 아니라 딴 놈이 칭송을 받는 건데?

그런데 그런 내 반응이 뭐가 그리 웃긴지 팔갑은 포복절도했다.

"아이고, 우리 도련님! 진짜 모르시는구나."

"뭐가?"

"선협미랑, 그러니까 선한 협을 가진 아름다운 사내. 그게 누구를 말하는 거겠습니까요?"

"……누군데?"

팔갑을 반응을 보아하니…….

"설마, 나?"

내 물음에 팔갑이 고개를 끄덕였다.

"네."

"정말?"

"네."

"진짜?"

"네."

아니, 은해상단의 명성이 높아지는 건 당연하지만, 왜 의도하지도 않은 내 이름이 높아지는 건데?

선협미랑은 또 뭐고?

왜 두 호위무사는 그 말에 고개를 끄덕이는 건데?

그때 밖에서 시끌시끌하는 소리가 들렸다. 이에 팔갑은 무슨 일인지 알아본다며 나갔다 곧 들어왔다.

"저…… 형문파에서 만결의선님을 찾습니다요."

팔갑의 말에 밖으로 나가 보니, 쪽빛의 옷을 입은 네 명의 이들이 있었다.

그들의 옷자락에는 형문(荊門)이라는 글자가 수놓아져 있었다.

형문파다.

형문파는 속가에 더 가까운 도가 계열의 문파다.

하지만 구파일방에 들어갈 만큼 대단한 문파는 아니다.

그리고 검술 역시 절세의 검법이라든지 뛰어난 내공심법을 지닌 곳이 아니다.

하지만 그들에게는 그 누구도 넘보지 못할 특출한 것이 있었으니, 바로 검진이다.

문이 열리고 닫히는 듯한 형문파의 산세를 닮은 검진은 남궁세가도 인정할 만큼 대단했었다.

내가 나서자 나를 본 그들이 잠시 고개를 갸웃하더니 이내 빙그레 웃으며 다가왔다.
"혹, 선협미랑 공이십니까?"
내 얼굴에 금칠을 하는 듯한, 이 오글거리는 명호에 괜히 한숨이 나왔다.
내 스스로 긍정을 할 수도 없고…….
그때 팔갑이 얼른 나섰다.
"네, 이분이 바로 선협미랑이십니다."
"오오! 역시 그러시군요!"
"처음 뵙겠습니다."
척-!
그들은 절도 있게 포권했다.
"저희는 형문파의 제자들입니다."
"은해상단의 현풍국 국주 은서호입니다."
"사실 저희는 이곳에 만결의선이 계시다고 해서 찾아뵙게 되었습니다."
"만결의선은 왜 찾으시는 겁니까?"
"그게 말입니다."
그들 중 가장 연장자로 보이는 이가 대답했다.
"저희 문파에도 돌림병이 돌고 있기 때문입니다."
응?
이게 무슨 소리지?
문파에 돌림병이 돌고 있다니?
내가 알기로 무공의 경지가 어느 정도에 이르면 웬만한

돌림병에는 걸리지 않았다.

 그러기에 나와 두 호위무사는 멀쩡한 거다.

 팔갑이야 뭐…… 곰이니까.

 나와 함께 이곳에 들어왔던 직원 중에 돌림병에 걸린 이들도 있었다.

 그들은 내가 공수해 온 설혼초로 만든 약으로 금방 건강을 되찾을 수 있었다.

 혹시 돌림병에 걸린 이들의 경지가 낮아서 그런 건가?

 나는 그들에게 물었다.

 "혹, 실례가 되지 않는다면 병에 걸린 이들의 경지를 알 수 있겠습니까?"

 "자세히 말씀드리긴 어렵지만, 이 돌림병에는 경지의 높고 낮음이 상관없는 것 같습니다."

 그게 무슨 소리지?

 아무튼, 만결의선을 만나게 하는 것이 먼저 같았다.

 "따라오십시오."

 잠시 후.

 환자의 진료를 마친 만결의선은 형문파의 제자들과 대화를 나누었다.

 주로 환자들의 상태에 대한 문진이 주를 이루었다.

 "거참, 묘하군."

 "뭐가 말입니까?"

 "증세를 들어서는 이곳에서 발병하고 있는 돌림병과

같은데 말이지……."

"고수도 이 병에 걸린다는 것이 마음에 걸리시는 모양입니다."

"그래, 네 말대로다."

잠시 고민하던 만결의선이 결정을 내렸다.

"직접 가 봐야겠구나."

그리고 나를 보며 피식 웃었다.

"네 얼굴을 보니 따라오고 싶다는 표정이구나."

"아, 들켰군요."

나는 뻔뻔하게 대답하자 만결의선이 말했다.

"그래, 따라와라. 대신 너만 따라와라."

"저 혼자 말입니까?"

"다른 이들은 병에 걸려 위험해질 수 있으니 말이다."

그 말에 팔갑이 반론을 제기했다.

"그러면 저희 도련님도 위험하신 거 아닙니까요?"

"네 도련님은 괜찮다."

"네?"

"그런 게 있으니까 자꾸 귀찮게 묻지 마라."

"……."

그렇게 만결의선과 나는 형문산에 있는 형문파로 가게 되었다.

．

．

．

나는 뒤를 바라보았다.

까마득한 절벽이 보였다.

지금 나는 잔도를 걷고 있었다. 그 말인즉, 사람이 짐을 지고 날라야 한다는 거다.

아, 힘드네.

"힘드냐?"

"아, 아닙니다."

만결의선의 말에 나는 힘들다고 할 수가 없었다.

그도 그럴 것이, 만결의선도 산더미 같은 짐을 진 채 잔도를 걷고 있었기 때문이다.

"체력이 좋구나. 나는 힘들어 뒈지겠는데 말이지."

"……."

"역시 젊음이 좋아. 하하하하!"

그냥 힘들다고 대답할 걸 그랬다.

형문파의 제자들 반이 저 앞에 가고, 나머지 반이 우리 뒤에서 따라오고 있었다.

서로 어느 정도 거리가 벌어져 있으니, 지금이 묻고 싶은 것을 물을 수 있는 기회다.

"저, 어르신. 궁금한 게 있습니다."

"무엇이 궁금하냐?"

"왜 저는 괜찮다고 하신 겁니까?"

내 물음에 만결의선은 나를 힐끗 돌아보더니 말을 이었다.

"원래 검은 용이 병에 강하다."

"……!"

에둘러 대답하긴 했지만 분명했다.

만결의선은 내 체질이 현룡성체라는 것을 알아차린 것이다.

"그런데 마을에서 저와 함께 있던 무사들과 팔갑도 돌림병에 걸리지 않았습니다."

"그건 네 소매 속에 있는 그 녀석 덕분일 거다."

"금령이 말입니까?"

"그 기운이 그런 기운이었다. 그게 영향을 미친 것이라 추측되느니라."

"그러면 저와 함께 와도 되지 않았을까요?"

"나는 확신이 없는 말은 하지 않는다."

그 말에서 그가 팔갑과 호위들을 걱정하여 나만 따라오는 것을 허락했음을 알 수 있었다.

내 사람들을 위해 그리했으니 불만은 없다.

오히려 감사하지.

"그나저나, 기분이 어떠냐?"

"뭐가 말입니까?"

"선협미랑이라 불리는 기분 말이다. 내가 가는 곳마다 칭찬 좀 하고 다녔지."

그럼, 선협미랑이…… 어르신 작품이었습니까?

"명성이라는 것이 귀찮기는 해도 나름대로 쓸모가 있는 것이니라. 돈으로 안 되는 일도 가능하게 해 주거든."

하긴 틀린 말은 아니다.

명호가 생긴다는 건 그만큼 명성이 높아졌다는 거다.
 그리고 지난 삶에서 나는 '돈이 있으면 해결 못 할 일이 없다'라는 말이 얼마나 어리석은 말인지 깨달았었다.
 세상에는 돈으로 안 되는 일도 있었다.
 그런 일을 해결해 주는 것이 바로 명성이었다.
 그렇기에 나는 부끄러웠지만, 싫다고는 하지 않은 것이다.
 언젠가 써먹을 수 있으니까.
 그런데 형문파라…….
 내가 그들의 검진에 대해 대단하다가 아닌, '대단했었다'라고 한 이유가 있다.
 지난 삶에서 형문파는 어느새 소리 소문도 없이 사라졌으니까.
 그래서 인근의 녹림들이 발호하여 오가는 이들에게 통행료를 징수했었다.
 그래서 은해상단도 많이 뜯겼지.
 나름 이 근방에서 명성이 높았던 형문파가 왜 사라졌는지는 아직도 의문이다.

 그렇게 반나절을 걸었을 때, 형문파 제자가 말했다.
 "도착했습니다."
 "도착…… 했다고요?"
 "네. 저 앞에 바위 보이십니까?"
 앞에는 마치 문처럼 보이는 바위 하나가 우뚝 서 있었

고, 그 사이를 통과하여 위로 올라가는 계단이 있었다.

"저 바위를 지나가면 금방입니다."

그 말에 나는 희망을 품고 발걸음을 옮겼다.

바위를 통과하자 바로 옆에 건물이 보였다.

"그런데 정말 대단하십니다."

그 말에 고개를 돌려 보니, 제자 중 하나가 나를 보며 말하고 있었다.

"저 말입니까?"

"네."

그는 고개를 끄덕였다.

"사실 마을부터 저희 문파까지 오가는 길이 워낙 험하고 멀어서 말입니다. 반나절 만에 도착한 적은 처음입니다."

"하하하, 그렇습니까?"

"보통은 하루가 걸리지요."

"……."

나는 만결의선을 보았다. 내가 서두른 건 만결의선이 서둘렀기 때문이니까.

만결의선은 '왜? 뭐?' 하는 시선으로 나를 봤다.

나는 미소 지으며 대답했다.

"지금 귀 문파에서 병으로 고통받고 있는 이들을 생각하니, 걸음을 멈출 수가 없었습니다."

"오오! 과연 선협미랑이십니다."

"정말 감사합니다."

내 대답에 그들은 감동했다는 표정으로 나를 보았다.
이렇게 우리는 형문파에 도착했다.
그런데.
"으으…… 사, 사형, 오셨습니까?"
"사형……."
"안에 아뢰…… 겠습니다."
형문파의 제자들은 거의 죽어 가는 표정이었다. 나는 고개를 돌려 나와 함께 온 제자를 보았다.
"저희가 산에서 내려온 틈에 돌림병이 심해진 모양입니다."
우리는 장문인에게 향했다.
현재 장문인뿐만 아니라 호법들과 문호(門護)라고 불리는 이들까지 병석에 누워 있다고 했었지.
곧 우리는 장문인이 계시는 건물 안으로 들어갔다.
"장문인, 만결의선님과 선협미랑 은서호 공자를 모시고 왔습니다."
"으…… 와 주어서, 고맙소."
"많이 편찮으신 듯합니다."
내 말에 장문인이 어색하게 웃으며 대답했다.
"이런 모습을 보여, 미안하네."
"아닙니다."
그 모습을 가만히 지켜보고 있던 만결의선이 말했다.
"그럼 잠시, 진맥을 하겠소이다."
"네, 그러십시오."

만결의선은 장문인의 이곳저곳을 살피고 손목의 맥을 짚었다.

그러고는 고개를 끄덕였다.

"돌림병이 맞구려. 며칠 약을 먹고 정양하면 쾌차할 수 있을 것이오."

"감사합니다."

장문인 앞에서 물러난 만결의선은 곧 모든 이들을 진찰하기 시작했다.

그사이 나도 할 일이 있었다.

바로 식사를 위한 죽을 만드는 일이었다.

형문파가 불가 계열이 아니라 다행이었다. 아니었으면 영양 보충을 위해 다른 방법을 써야 했으니까.

분주하게 움직이고 있을 때, 만결의선이 내게 다가왔다.

"맛있는 냄새가 나는구나."

"한 그릇 드릴까요?"

"이제 죽은 쳐다보기도 싫다."

"드시고 싶어 하시는 줄 알았습니다."

"냄새만 그렇다는 거다."

그리 말한 만결의선은 한숨을 내쉬며 옆에 쌓아 놓은 장작더미에 앉았다.

그런데 그 표정이 심상치 않았다.

"무슨 일이십니까?"

"이거, 문제가 있구나."

"네?"

"다행인지 아닌지는 모르겠지만, 증세를 들었을 땐 마을에서 도는 돌림병이라고 생각했었지."

이리 말씀하시는 이유는 설마?

"아니라는 말씀입니까?"

"그래."

돌림병이 아니라니, 그게 무슨 말인가 싶었다.

"아까 장문인께는 돌림병이 맞다고 하셨지 않습니까?"

"그랬지. 하지만 나는 돌림병이 맞다고 했지, 그게 의창에서 번지는 돌림병이라고는 안 했다."

"……."

"아무튼, 이거 큰 문제야. 무공을 익힌 자들만 걸리는 돌림병이라니……."

"네?"

"현재 병에 걸리지 않은 자는 수련생으로 들어온 녀석들뿐이다. 아직 정식으로 수련을 시작하지 않은 이들이 제일 체력이 약할 텐데 그들이 걸리지 않았다는 것이 무엇을 뜻하는 것이냐?"

"그럼?"

"그래, 이건 내공심법을 익힌 이들만 걸리는 병이다."

"그런 게 가능합니까?"

하지만 이에 대해 나는 금시초문이었다.

이전의 삶에서도 들어 본 적이 없었다.

이에 대해서는 두 가지 경우가 존재했다.

이전 삶에서는 없었던 일이거나, 아니면 내가 모르는 일이거나.

그러고 보니…….

이전 삶에서 만결의선도 어느 순간 실종되었지.

이전 삶에서 현룡성체로 인한 내 병을 고치기 위해 의선들을 수소문했었다.

하지만 어디서도 만결의선의 종적을 찾을 수 없었다.

그런데 그 시기가 묘하게 형문파가 사라졌을 때와 비슷한 것 같기도 한데…….

설마 지난 삶에서 내가 모르는 무슨 일이 있었던 건가?

만결의선이 고개를 흔들며 말했다.

"나도 처음이다. 어쨌든 이 돌림병은 반드시 여기서 끝내야 한다. 만약 다른 곳까지 퍼진다면……."

"무림에 엄청난 난리가 나겠군요."

"그래, 나는 어서 치료 방법을 찾아봐야겠구나."

그렇게 이틀이 지났다.

만결의선은 이런저런 약을 쓰고 침을 쓰는 등 분주하게 움직였다.

"저기, 있잖아요."

"응?"

내 옆에서 나와 함께 열심히 설거지하는 어린 제자를 보았다.

일곱 살이라고 했던가?

작은 손으로 야무지게도 그릇을 닦았다.

"사형들, 나을 수 있는 거겠죠?"
"다른 이들이 걱정되니?"
"네."
"걱정하지 않아도 돼. 만결의선님은 상당히 실력이 좋으신 의원이니까. 그러니까 의선이라 불리는 거 아닐까?"
"그렇겠죠?"
"그러고 보니 우리 통성명도 못 했네? 내 이름은 은서호야. 네 이름은 뭐니?"
"제 이름은 홍준이에요."
"홍준? 좋은 이름이네."
"사실 저는 고아였는데요. 두 번째 문호님께서 저를 제자로 삼아 주셨어요."

형문파에는 문호라는 특이한 직책이 있다.

말 그대로 문을 지킨다는 의미다.

그런데 이게 호법과는 달랐다.

호법이 형문파를 수호한다는 의미의 직책이라면, 형문파의 미래를 지키는 것이 문호의 직책이었기 때문이다.

즉, 재능이 있는 제자를 데리고 오고 또 제자들을 기르는 것 말이다.

제자가 문파의 미래라는 건데, 나도 그에 대해 동의하는 바이다.

"그런데 정식으로 수련을 시작하면 저를 거두어 주신 문호님께서 다른 이름을 지어 주신다고 하더라고요."

"무슨 이름을 받을지 궁금하겠네?"
"사실, 알아요."
"알아?"
"이건 비밀인데요. 사형이 말해 줬어요."
"그래?"
"네. 구시(鳩屎)라는 이름이래요."
구시?
그건 비둘기 똥이라는 의미잖아?
아무리 그래도 직접 거둔 제자에게 어떻게 비둘기 똥이라는 이름을 지어 줄까?
"그거 아니야."
"네?"
"그거 비둘기 똥이라는 의미야. 네 사형이 장난을 친 거야."
"그런…… 건가요?"
"기대해 봐. 그것보다 훨씬 좋은 이름을 받을 테니까. 아니면 나라도 좋은 이름을 지어 줄게."
내 말에 울상이 되었던 녀석은 금방 헤헤거렸다.
사형이라는 새끼, 어떻게 칠 장난이 없어서 그딴 장난을…….
그때, 나는 구시라는 이름을 들은 기억이 있음을 깨달았다.

이전 삶에서 팔갑에게 들은 적이 있었다.

"무림맹의 전각에 불이 나서 사람들이 타 죽었답니다요."

"뭐? 무림맹에?"

"범인이 잡혔는데, 구시라는 놈이랍니다요."

"이유가 뭐래?"

"그건 모르겠습니다요."

그렇게 지나갔던 사건이었다.

구시라는 이름을 지닌 동명이인이 있던 건가?

그걸 곰곰이 생각하기에는 해야 할 일이 많았다.

설거지를 끝내고, 빨래하려고 준비 중이던 나에게 만결의선이 다가왔다.

"아무래도 설혼초만으로는 안 될 듯하다. 무림맹에 알려서 필요한 약재를 지원해 달라고 해야겠구나."

뭐? 무림맹에?

설마……

나는 내가 이전 삶에서 들었던 구시라는 이름과 그가 저질렀던 방화 사건을 떠올렸다.

그의 이름이 왜 구시일까?

왜 전각에 불을 지른 걸까?

왜 하필 그 전각이 무림맹의 전각일까?

무림맹은 고수들이 철저하게 경비를 서고 있는 곳이니만큼 불을 지르기 위해서는 오랜 시간 참고 견디며 준비를 했을 거다.

 대체 무엇을 위해서 인고의 세월을 견디면서 그런 짓을 한 걸까?

 사람에게는 그런 인내를 가능하게 하는 감정이 있다.

 그중 하나가 복수의 감정이다.

 나는 많고 많은 복수 중에서 하필 전각을 불태워 그 안의 이들이 타 죽게 했다는 것이 걸렸다.

 구시라는 이름을 지어 주겠다는 사형의 말을 믿을 정도로 순수한 아이다.

 그런 아이가 빡 돌아 버릴 만한 일이 뭐가 있을까 싶었는데, 만결의선의 '무림맹에 알린다'라는 말을 듣자마자 알 것 같았다.

 내가 이전에 겪었던 삶에서도 만결의선은 분명 여기 형문파에 왔을 것이다.

 그리고 이게 무림인들에게 걸리는 돌림병이라는 것을 알아냈을 터.

 당연히 약재가 필요하니, 만결의선은 무림맹에 약재를 지원해 달라는 서신을 보냈을 것이다.

 만결의선이 그랬던 건 지금까지 그렇게 요청하면 무림맹에서 지원을 해 주었기 때문이겠지.

 하지만.

 이번에는 아니었다.

 만결의선이 예상했던 것보다 무림맹은 훨씬 극단적인 해결책을 생각해 냈다.

참초제근(斬草除根)이다.

불을 베고 뿌리를 없앤다는 의미대로, 무림맹에서는 이를 행한 것이다.

어쩌면 내공심법을 익힌 자가 걸리는 병이라는 것에서 두려움을 느꼈을 수도 있다.

자칫하면 온 무림에 병이 퍼져 나갈 수도 있었으니까.

그래도, 그랬어도, 그러면 안 되는 것이었다.

약재를 지원해 주었다면 충분히 고칠 수 있었을 것이다.

내가 옆에서 지켜봤기에 확신할 수 있다.

만결의선은 시간과 여건만 주어졌다면, 아니, 약재를 지원해 줬다면 충분히 병을 고쳤을 것이다.

하지만…….

구시든 뭐든, 새로운 이름을 받고 소속이 생긴다는 것에 들떠 있던 아이에게 닥친 건 기대했던 따스함이 아니었다.

활활 타오르는 전각들.

산 채로 타 죽어 가는 이들이 내지른 처절한 비명.

절규와 살려 달라는 애원.

간신히 탈출한 이들을 향해 휘두른 수많은 칼날.

그리고 그 칼끝에서 죽어 가는 이들.

그걸 보면서도 아무것도 하지 못하고 숨어 있을 수밖에 없는 자신이 얼마나 무력하게 느껴졌을까?

개새끼들.

어쩐지…….

내가 죽을 때 마차며 말이며 시체며, 모조리 태우는 모습이 능숙한 게 한두 번 해 본 솜씨가 아니었지.

누군가는 내 추측이 과장이라고 비난할 수도 있다.

정의로운 무림맹이 그럴 리가 없다고.

정의는 개뿔.

내가 직접 겪어 봤기에, 이런 추측을 할 수 있는 거다.

그리고 그 와중에 만결의선 역시 살해당했겠지.

내가 이 일에 대해 몰랐던 건 그건 무림맹의 치부나 마찬가지였기에 철저하게 숨겼기 때문일 것이다.

그래서 지난 삶에서 구시가 일으켰던 방화 사건 역시 흐지부지되었겠지.

나는 만결의선에게 물었다.

"설혼초로 안 되는 겁니까?"

"아무래도 무림인이라 그런지, 일반인을 대상으로 만든 약은 잘 안 듣는 것 같다."

"무슨 약재가 더 필요합니까?"

"왜? 너희 상단에서 지원해 줄 테냐?"

"하하하."

나는 멋쩍게 웃었다.

"아서라. 너희 상단에서 운 좋게도 설혼초를 가지고 있었다고 해도 그런 운이 연달아 이어지는 건 아니다."

"그렇겠죠."

"날뛰는 내공을 진정시켜 줄 백호령과, 몸이 약을 잘 흡수할 수 있도록 해 줄 설삼이 필요한데 그 영약들이 너희 상단에 있겠느냐?"

"……."

어르신, 아무래도 은해상단에 그런 운이 연달이 이어지는 듯합니다.

내가 씨익 웃자 만결의선이 흠칫했다.

"뭐, 뭐냐? 설마 그것들이 너희 상단에 있다는 거냐?"

나는 대답 대신 되물었다.

"그래서, 얼마나 필요하십니까?"

"험험, 한 채씩만 있으면 된다."

"그렇군요."

문제는 이를 어떻게 요청하느냐이다.

이곳에 들어온 이들은 함부로 바깥으로 나갈 수 없다.

제자들이 산 아랫마을에 내려왔던 것으로 인해 다른 이들에게 퍼질 염려도 있었다.

그러니 그에 대한 조치도 필요했다.

"이것 참 문제로구나."

"그러게요. 약재는 있는데 이걸 요청할 방법이 없으니……."

고민하고 있을 때.

"꾸?"

내 소매 안에서 금령이 고개를 내밀었다. 그리고 꼬물거리던 꼬리로 자신을 가리켰다.

"응? 너?"

"꾸꾸!"

"네가 다녀오겠다고?"

"꾸꾸!"

금령은 영물인 만큼 돌림병을 옮기지는 않겠지만, 그래도 이 작은 녀석이 그 먼 곳까지 갈 수 있을까 싶었다.

"하지만 빨리 다녀와야 해. 그런데 너 혼자 어떻게……."

"꾸이꾸이! 꾸!"

"갈 수 있다고?"

확신에 찬 눈동자를 반짝이며 금령은 고개를 끄덕였다.

"그래, 뭐."

밑져야 본전이다.

나는 서신을 써서 금령의 꼬리에 매달아 주었다.

"됐어. 이제 다녀와도 돼."

내 말이 떨어지기 무섭게, 금령의 몸은 화살보다 빠르게 쏘아졌다.

슉-!

열을 세기도 전에 시야에서 멀어졌고, 그걸 보며 나는 중얼거렸다.

"헐…… 엄청 빠르네."

그리고 다음 날.

"꾸이!"

금령이 돌아왔다.

꼬리에는 서신이 묶여 있었고, 나는 그 서신을 풀어 읽어 보았다.

[알겠다. 요청한 약재를 보내도록 하마.]

아버지의 답장이었다.

금령이 제대로 서신을 전한 거다.

아버지의 답장대로, 약 칠 일 후 내가 요청한 약재들이 도착했다.

만결의선은 약을 지었고, 그 약을 먹은 이들은 점차 차도를 보이기 시작했다.

.
.
.

모처럼 여유가 생겼다.

만결의선과 나는 앞마당에 앉아 달을 바라보았다.

가을의 하늘은 높고 청명했다.

그건 밤하늘도 마찬가지였다.

그래서 달이 무척이나 잘 보였다.

이제 곧 중추절이다.

"어르신께서는 이번 중추절에 무엇을 하실 생각이십니까?"

"나 말이냐?"

만결의선은 잠시 생각하다가 말을 이었다.

"그냥 여기저기 사람들을 진료하다가 월병이나 얻어먹고 그러는 거지, 뭐."

그는 피식 웃으며 고개를 돌렸다.

"중추절이라고 사람이 아프지 않은 건 아니니까."
"그건 그렇죠."
나는 고개를 끄덕였다.
만결의선이 왜 의선의 길을 걷게 되었는지는 모른다. 하지만 뭔가 사연이 있을 터.
그러니 이런 고난을 자처하는 것이 아닐까?
지난 삶에서 만결의선은 살해당했을 때 과연 무슨 생각을 했을까?
그는 자신의 삶을 후회했을까?
아니면…….
모르겠다.
"그런데 그건 왜 묻는 거냐?"
"시간이 되시면 저희 상단에 잠깐 머물다 가셨으면 해서 말입니다."
"공짜냐?"
나는 피식 웃었다.
"공짜는 아닙니다. 은해상단에 만결의선님이 머물고 있다는 소식이 퍼지면 사람들이 관심을 보일 테니까요."
내 말에 만결의선 역시 피식 웃었다.
내 속내를 알아차린 거다.
"은해상단이 궁금해서라도 내 한번 가 봐야겠다. 어떻게 내가 말하는 영약들이 그렇게 턱턱 나오는 거냐?"
"그저 운이 좋았을 뿐입니다."
나는 미소 지으며 대답했고, 내 대답에 만결의선은 툴

툴거렸다.

"그렇게 웃지 마라. 정든다."

"하하하."

"그런데 말이다."

순식간에 만결의선의 얼굴이 심각해졌다.

"아무리 봐도 이 형문파에 돌고 있는 돌림병은 자연스럽게 퍼진 것이 아니다."

"네?"

"인위적으로 병을 퍼트린 흔적이 보인다. 틀림없이 의창에 도는 돌림병을 개량하여 이곳에 인위적으로 퍼트린 거지."

"네?"

만결의선의 목소리에서 분노가 느껴졌다.

지금 나도 화가 나는데 만결의선은 어떻겠는가?

"대체 누가 이딴 짓을 한 건지……."

"범인으로 추측되는 자들이 있습니까?"

"이 정도 능력이 되는 이들은 몇 없으니 뻔하지. 사천당가 아니면 묘강의 독문."

"……."

"하지만 묘강은 독 연구가 주야. 이런 건 못 해."

"그럼 사천당가입니까?"

"내 예상으로는 그렇다."

그리 말하는 만결의선의 목소리가 무척 씁쓸했다.

그럴 리가.

사천당가에서 이런 짓을 할 리가 없다.

가뜩이나 독을 사용하는 문파라서 세간의 시선이 곱지 않은 곳이다.

그런 곳에서 돌림병을 일부러 퍼트린다고?

멸문당하려고 작정하지 않았다면 그런 정신 나간 짓을 했을 리가 없다.

그리고 그곳에서 일을 벌였다고 해도 무림맹에서 그걸 빌미로 주도권을 잡은 것이 아니라 오히려 나서서 모든 것을 태우면서까지…….

잠깐.

솔직히 나는 구시의 사연을 알고 나서 무림맹이 한 짓에 대해 분노했다.

그러면서도 이해가 가지 않는 부분이 있었다.

약재를 지원해 주면 치료할 수 있는데 굳이 왜 그랬을까.

그들로서는 그럴 수밖에 없었던 것이다.

이곳의 돌림병이 무림맹의 짓이라면 말이다.

여기서 모종의 연구를 진행했고, 그걸 밝혀낸 만결의선과 함께 이곳의 비밀을 묻어 버릴 방법으로는 그게 최고였을 거다.

그들이 이 문파 사람들을 대상으로 연구했던 건, 무림인들에게 치명적인 돌림병이겠지.

그럼 대체 그들은 그걸 어디에다 쓰려고 연구를 했던 걸까?

아니지, 지금은 그보다 중요한 게 있다.

나는 자리에서 일어났다.

"어디 가냐?"

"달 잡으러 갑니다."

"엥?"

나는 달을 가리키며 말했다.

"달이 이 문파를 바라보는 것처럼, 우리를 지켜보고 있는 이들이 있지 않을까요?"

"……!"

내 말에 잠시 놀란 표정을 했던 만결의선도 자리에서 일어났다.

"그렇군."

* * *

늦은 밤.

모두가 잠든 그 밤에 누군가가 은밀히 움직이고 있었다.

그는 형문파 사람이라는 것을 뜻하는 형문이라 새겨진 옷을 입고 있었다.

그는 주변을 두리번거리며 움직였다.

전각을 빠져나온 그는 산길을 내달렸고, 곧 어느 나무에 다다랐다.

바위 옆에 서 있는 나무다.

그는 이 좁은 문파가 싫었다. 좀 더 넓은 세상으로 가고 싶었다.

어릴 적 그를 발견하고 이 문파로 데리고 온 스승이, 자신을 이 문파에 두고 죽어 버린 스승이 원망스러웠다.

그런 그에게 접근한 이들이 있었다.

바로 무림맹이다.

무림맹은 그가 원하는 것을 어찌 알았는지, 그에게 꿈과 환상을 심어 주었다.

처음에는 자신이 자라고 무공을 배운 문파에 돌림병을 퍼트리라는 말에 기겁했었다.

"어떻게 나에게 그딴 짓을 시킬 수 있단 말이오?"
"이건 대의를 위한 일입니다."
"그럼 사형들과 사제들은? 그리고…… 동문들은?"

스승이 원망스러웠지만, 그렇다고 함께 지내던 제자들과 사이가 나쁜 건 아니었다.

그동안 함께해 온 정이 있었으니까.

"그런 사사로운 감정을 따져서 어찌 대의를 이루겠습니까?"
"……."
"약속드리지요. 이번 일을 진행하신다면 무림맹의 대주가 될 수 있게 해 드리겠습니다."

무림맹의 대주라고 하면 최소한 절정 이상의 무공 실력이 있어야 했다.
아직 거기까지 이르지 못한 그에게 대주라니!
그러나 그는 그 미끼를 물고 말았다.

"정말 생명에 지장은 없는 것이오?"
"물론입니다. 단지 병의 진행 상황만 자세하게 적어서 약속한 곳에 두면 됩니다."

그는 자신의 품에서 대나무 통을 꺼내어 나무 구멍 안에 넣었다.
병의 진행에 관한 것과 만결의선이 치료했다는 보고서다.
'이제 몇 번만 이 짓을 하면 되는 건가?'
그리 생각하며 몸을 돌린 순간.
"……!"
그는 기겁했다.
잘생긴 얼굴이 바로 자신의 눈앞에 있었기 때문이다.
선협미랑이라 불리는 은서호다.
식은땀이 주륵 흘렀다.
"지금 뭐 하십니까?"
"무, 뭐, 무, 무슨……."
그때 그 뒤쪽에 서 있던 누군가가 움직였다. 만결의선이다.

그는 나무 구멍에 넣었던 대나무 통을 꺼냈다.

그 안에 있던 보고서를 꺼내어 읽더니 혀를 찼다.

"이 새끼가, 쓰려면 제대로 쓸 것이지 이딴 허술한 보고서는 뭐냐?"

"……."

"그건 그렇고 대체 누가 이 일을 시킨 거죠?"

"……."

은서호가 물었지만, 그는 대답하지 않았다.

"이곳에 병을 퍼트리고 보고서를 쓰라는 명령을 수행하는 대신에 뭘 약속받았죠?"

"……."

"대주 자리라도 약속받았나 보죠?"

"……!"

그는 깜짝 놀랐다. 정확했으니까.

"그런데 과연 그들이 약속을 지킬까요?"

"당연히 지킬 거요!"

"뭘 믿고요? 혹시 이름값?"

"……."

"그 이름값을 지키기 위해 그들이 이곳을 아예 지워 버릴 거라고는 생각 못 해 봤습니까? 당신을 포함해서."

아니다.

그럴 리가 없었다.

그들은 무림의 정의를 위해서 존재하는 곳이니까.

그를 보며 은서호가 말했다.

"못 믿겠다는 표정이네요."

은서호는 그에게 서신 하나를 건네었다.

"읽어 보세요."

서신을 읽어 본 그는 깜짝 놀라 고개를 들었다.

거기에는 이 병이 인위적이라는 것을 만결의선이 알아냈다는 내용이 적혀 있었다.

"그대로 보고서를 올려 보세요. 그들은 수고했으니 이제 보고서를 그만 보내라고 할 테고 그게 이곳을 지우겠다는 증거입니다."

"……."

"왜요? 확신이 없습니까? 조금 전까지만 해도 그렇게 확신에 차 있더니……."

은서호의 말은 마치 비아냥거리는 듯이 들렸다.

오기가 생긴 그가 대답했다.

"그들이 얼마나 정의로운지 제가 확인시켜 드리겠소."

* * *

나는 내 앞의 형문파 제자가 내가 써 준 보고서를 대나무 통에 넣는 것을 지켜보았다.

마음이 착잡했다.

저자를 꼬드겨 이런 짓을 한 무림맹이나, 자신의 이득을 위해 이런 짓을 한 저자나 마음에 안 들기는 마찬가지였으니까.

그건 그렇고 대체 저자는 무림맹의 뭐가 정의롭다면서 자신만만한 거지?

하긴…….

아직 그 실체를 모르는 이들에게 무림맹은 정의겠지.

그자와 헤어지고 난 후, 나와 만결의선은 다시 형문파의 숙소로 돌아왔다.

"대체 어쩌려고 그러는 것이냐?"

숙소에 들어오자마자 만결의선이 물었다.

"무엇을 말입니까?"

"이곳의 이들이 앓았던 병이 인위적임을 내가 밝혔다는 것을 저들이 알게 하는 건 위험을 자초하는 것이 아니더냐?"

이번 일의 주범이 무림맹이라는 것을 방금 전 대나무 통의 서신을 통해 알게 되었다.

그러니 그 우려는 기우가 아니다.

"그렇겠죠. 하지만 저에게 좋은 생각이 있습니다."

"……?"

나는 내 소매 속의 금령을 불렀다.

"금령아."

"꾸!"

"네가 해 주어야 할 일이 있어. 이 서신을 팔갑에게 전해 주고, 또 이 서신은 아버지에게 전해 줘."

"꾸."

"일을 잘하면 은자 하나 줄게."
"꾸웃!"
역시 은자의 효과는 대단했다.

금령의 꼬리에는 아버지께 보내는 서신을, 다리에는 팔갑에게 전하는 서신을 매달고 순식간에 창문을 통해 저 멀리 사라졌으니까.

진짜 빠르긴 빠르다.

그런데 은자를 너무 많이 먹이면 더 동그래지는 건 아니겠지.

그것도 나름 귀엽겠지만…….

.

.

.

그리고 며칠 후.

그 나무 구멍 속에는 대나무 통이 들어가 있었다.

답장이었다.

그 제자는 의기양양한 얼굴로 나에게 말했다.

"당신이 틀렸음을 보여 주겠소!"

그리고 대나무 통 안에 들어 있던 서신을 꺼내 호기롭게 펼쳤다.

나는 그 모습을 그저 미소 지으며 바라보았을 뿐.

그 제자의 눈동자가 흔들렸다.

"왜 그러십니까?"

"이, 이럴 리가 없…… 는데?"

"일이 잘 안 된 모양입니다."
툭.
그는 서신을 떨어트렸고 나는 그 서신을 집어 들어 읽어 보았다.

[수고 많았다. 더는 보고서를 보내지 않아도 된다. 문파 내에서 기다려라.]

내가 예상했던 그대로다.
"아, 아니야. 이, 이럴 리는 없……."
그는 지금의 현실을 부정하다가 고개를 들어 나를 보았다.
"그렇다고 이게 무림맹이 정의롭지 않다는 증거가 되지는 않소!"
"그렇겠죠. 하지만 곧 깨닫게 될 겁니다."
나는 씩 웃으며 말했다.
"들어가십시오. 밤바람이 찹니다."

그와 헤어진 나는 장문인에게 향했다.
만결의선이 만든 약은 무척이나 효과가 좋았고, 이미 장문인을 비롯하여 호법들과 문호들은 자리를 털고 일어났다.
하여 현재, 이 형문파 안에 병을 앓고 있는 이는 없다.
"오셨소이까, 선협미랑 대협."
장문인의 말에 나는 얼른 손을 저었다.

"그냥 공자라고 부르시라니까요."

"그럴 수야 있나요."

"장문인……."

"그래서, 그 가련한 제자를 만나고 오시는 길입니까?"

이곳에 병을 퍼트리고 상황을 보고해 온 자에 대한 물음이었다.

그자는 이곳의 제자인 만큼 그 처리 역시 장문인의 몫이다.

그렇기에 나는 장문인에게 그자에 대해 알린 것이다.

"제 예상대로였습니다. 하지만…… 끝까지 현실을 부정하더군요."

"그랬군요."

수염을 쓰다듬으며 안타깝다는 표정을 지었다.

"그자의 처벌은 어찌하시겠습니까?"

장문인이 잠시 고심하더니 대답했다.

"우선 그 아이의 신병을 보호하는 게 먼저일 듯합니다."

"그냥 내버려두지 않으시고요?"

"미우나 고우나, 죄를 저질렀든 아니든, 아직은 저희 형문파의 제자이니 말입니다. 그러니 보호해야지요."

나는 무림맹이 왜 많은 문파 중에 형문파를 골라서 이런 짓을 했는지 알 것 같았다.

아마도 이런 모습 때문인 듯했다.

나는 내가 죽기 전 백천상단의 남궁강 상단주에게 들었

던 말을 떠올렸다.

"그리고 쓸데없이 바른 것도 마음에 들지 않고. 네놈들 때문에 선(善)의 기준이 높아져서는 곤란하단 말이야. 그러니까, 눈에 거슬린다는 거지."

무림맹은 '선(善)'의 기준이 높아지는 것을 경계하고 있음이 확실했다.
대체 왜 무림맹은 선함의 기준을 낮추려는 것일까?

* * *

형문산으로 향하는 오십여 명의 무리.
그들을 이끄는 청송 대주는 지금 무척이나 당혹스러운 마음이었다.
그는 무림맹주에게 명령을 받았다.
형문파에 불을 질러 돌림병이 더 이상 번지지 않도록 하라는 것이다.

"형문산의 형문파에 지금 돌림병이 도는데, 그 돌림병이 무공을 익힌 자들에게 치명적인 돌림병이라고 하네."
"……."
"이미 다들 병으로 죽었다고 하더군. 그러나 그대로 놔두면 병이 퍼질 우려가 있으니 가서 뒤처리를 해 주게나."

"알겠습니다."

하지만 그에게 따로 전달된 명령은 그 내용과 좀 달랐다.

"만약 살아 있는 자가 있다면, 그곳에서 죽어야 한다."
"……."
"실수하면 이 무림은 그대로 무너지는 것이다."
"명심하겠습니다."

멀쩡히 살아 있는 자를 벤다는 것이, 그것도 같은 백도무림의 무인들을 벤다는 것이 마음에 걸렸다.
하지만 무공을 익힌 자들에게 있어 치명적인 돌림병이다.
대를 위해서 소를 희생해야 한다는 거다.
하여 굳은 마음을 먹었는데…….

"그거 들었어? 형문파 말이야."
"아아! 무공인들이 걸리는 돌림병에 걸렸다면서? 그래서 괜찮대?"
"싹 나았대."
"진짜?"
"만결의선이 특효약을 만들어서 그거 먹으니까 싹 나았다는데?"

그들이 들르는 곳마다 형문파에 도는 돌림병이 다 나았다는 소문이 돌았다.

문제는 의창에 도착했을 때였다.

이미 돌림병이 사라진 그곳에는 무림인들이 복작복작거렸기 때문이다.

그리고 형문산으로 향하는 잔도 앞은 이미 사람들로 꽉 막혀 있었다.

"지금 왜 이렇게 사람이 많은 겁니까?"

청송의 물음에 그들 중 하나가 대답했다.

"형장께서는 아직 소문을 듣지 못하신 듯합니다."

"소문이라면? 혹 형문파의 무인들이 돌림병에 걸렸다가 나았다는 소문 말입니까?"

"맞습니다. 그래서 지금 다른 무림인들을 위해서 만결의선께서 직접 제조한 약을 나누어 주고 계신다고 합니다."

"……."

청송의 일은 비밀리에 행해야 하는 일.

이제 더는 비밀리에 할 수 없는 일이 되어 버리고 말았다.

그는 상부에 이와 같은 소식을 전했고, 곧 상부에서는 서신 하나가 도착했다.

귀환하라는 명령이었다.

．

．

．

내일 귀환하기 전 푹 쉬어 두기 위해서 객잔에 들렀다.

일 층 식당에서 저녁을 먹으며 그들은 이런저런 이야기를 했다.

"그래도 다행입니다."

"우리가 도착하기 전에 병이 다 나아서 말입니다."

수하들의 말에 청송은 고개를 끄덕였다. 솔직히 그에게도 좀 찝찝한 일이었으니까.

아무리 대의를 위해서라지만, 병에 걸린 동도에게 검을 휘두르다니.

이곳으로 오는 동안, 내가 이러려고 무공을 익힌 건가 하는 자괴감에 빠져 있었다.

식사를 마치고 수하들은 하나둘 객실로 돌아갔다.

그때 객잔 안으로 한 무리의 이들이 들어왔다.

아무래도 일반인들은 객잔 안에 칼을 찬 이들이 많으면 들어오는 것을 꺼리곤 했다.

그런데 지금은 대부분이 객실로 들어갔으니 식당으로 들어온 듯했다.

그들은 만두를 비롯한 음식들을 먹으면서 대화를 주고받았다.

"아니, 그러면 만결의선께서 금방 알아차리신 겁니까요? 형문파의 돌림병이 누군가 일부러 퍼트렸다는 것을요?"

"응, 맞아."

"그래도 다행입니다. 약이 있어서 말입니다."

"약도 금방 만드셨지. 그래서 이달 중순에 이미 모두 완쾌하여 무공 수련을 시작하셨지."

그 대화를 들으며 청송은 뭔가 이상하다는 것을 알아차렸다.
자신이 맹주에게 명령을 받은 건 이달 중순 이후다.
그러니 자신이 그 명령을 받았을 땐 이미 형문파에는 돌림병이 없었다는 것이다.
'그럼 맹주님께서는 대체 왜?'

* * *

나는 청송 대주의 기색을 몰래 살폈다.
그 눈동자는 매우 혼란에 가득했다.
물론 그걸 의도한 것이니 계획은 성공이다.
지난 삶에서 구시의 무림맹 전각 방화 사건이 있고 나서, 며칠 후 무림을 떠들썩하게 만든 일이 벌어졌다.
그건 청송 대주의 자결 소식이었다.
지난날의 잘못을 속죄하며 스스로의 목숨을 구천의 원혼들에게 바친다는 유언장을 두고 한동안 떠들썩했다.
내가 이런저런 정보를 통해 들었던 청송 대주는 자신이 무림맹의 일원이라는 것을 무척 자랑스러워했었다.
그런 자가 스스로 목숨을 끊은 것이다.
왜 하필 그때 그랬는지 몰랐는데, 이런저런 조각을 맞

추어 보니 알 것 같았다.

   형문파를 불태운 일을 행한 자가 바로 그였던 거다.

   그리고 그땐 진실을 몰랐던 거다.

   훗날 진실을 알게 되어 괴로움과 죄책감에 시달리다가 결국 자결한 것이다.

   그는 무림 전체에 명성 높은 고수였고, 무림맹을 지탱하는 기둥 중 하나였다.

   나는 그 기둥에 균열을 만들기로 했다.

   그래서 팔갑과 두 호위무사들을 동원해 이 계획을 진행한 것이다.

   그리고, 이 계획은 성공한 듯하다.

.

.

.

   객잔을 나와 형문파로 가는 길에 팔갑과 호위무사들에게 감사를 표했다.

"이번 일, 고생들 하셨습니다."

"아닙니다."

"도련님께서 더 고생이 많으셨습니다요."

"꾸……."

"금령도 고생했고."

"꾸웃!"

   나는 피식 웃었다. 이번에 내가 금령을 통해 보냈던 서신에는 소문을 내 달라는 부탁이 적혀 있었다.

그 소문은 금방 덩치를 불렸다.

그리고 약을 나누어 준다는 소식에 전국에서 무사들이 모여들었다.

아무리 무림맹이라고 해도, 수많은 무사가 모여 있는 형문파를 어찌할 수는 없었기에 청송 일행에게 귀환을 명한 것이다.

약을 만드느라 만결의선 어르신이 고생이 많으시겠네.

그리고 몰려드는 무사들을 맞이하느라 형문파 제자들도 힘들겠고.

그래도 산 채로 타 죽는 거보다는 낫지.

이제 슬슬 형문파로 돌아가야 했다. 고양이를 믿었던 생쥐의 표정이 궁금했으니까.

* * *

깊은 밤이었다.

형문파의 제자 지운은 자신이 보고서를 두곤 했던 그곳으로 향했다.

오늘 문파에 몰려온 수많은 무사들을 맞이하고 안내하느라 바쁜 와중에, 누군가 그의 옷소매에 슬쩍 쪽지를 넣어 놨었다.

약속된 보상을 줄 터이니 아무에게도 알리지 말고 오늘 저녁 해시(亥時 21~23시) 말(末)에 보고서를 두던 곳으로 오라는 서신이다.

그 쪽지에 지운은 쾌재를 불렀다.

드디어 이 좁은 곳을 벗어나 넓은 세상에 나갈 수 있게 된 거라 여겼다.

그는 자신을 조롱했던 은서호에게 이 서신을 보여 주고 싶었다.

보라고!

역시 무림맹은 정의로운 곳이라고!

약속했던 보상을 잊지 않았다고 말이다.

하지만 마지막에 가서 일을 그르칠 수는 없었기에, 그는 아무에게도 알리지 않고 숲속으로 발길을 옮겼다.

지운은 곧 바위 옆 나무에 도착했다.

그는 혹시나 싶어 나무 구멍 안에 손을 넣었다. 뭔가가 잡혔다.

그는 손을 빼 보았다.

"……!"

깜짝 놀랐다. 손에는 은원보가 들려 있었다.

"이, 이건 대체?"

그때 뒤에서 누군가의 목소리가 들렸다.

"액수는 마음에 드나? 그거 네놈이 저승 가는 노잣돈인데 말이지."

"……!"

지운은 다급히 뒤를 돌아보았다.

검은색 옷을 입은 누군가가 검을 빼 든 채로 그를 보고 있었다.

"누, 누구?"

"네놈에게 약속한 보상을 주러 왔지."

그런데 뭔가 이상했다.

저승 가는 노잣돈이라니, 그리고 자신에게 보이는 살기란 무엇이란 말인가?

"무림맹에서는 나에게 대주 자리를 약속했소."

"네놈의 실력으로 대주 자리에 앉을 수 있다고 생각한 건가? 멍청하군."

그의 어조에는 조롱이 가득했다.

"무림맹의 조장은커녕 일반 대원으로도 입맹하지 못할 실력으로 꿈도 야무지군."

"그, 그게 무슨……."

"형문파의 무공은 개인이 아닌 집단이 모일 때 힘을 발하는 것임을 모른다니, 헛 배웠군."

그는 검을 들었다.

"처음부터 네놈에게 약속된 보상은 오직 하나, 죽음뿐이었다."

지운은 두려움을 겨우 가라앉히며 검을 뽑았다.

"그래도 다행인 줄 알아라. 일이 어그러지는 바람에 산 채로 타 죽지 않고 이렇게 내 검에 죽게 된 것이니까."

그자의 신형이 순식간에 사라졌고, 지운이 자각했을 때 이미 그자의 검은 자신의 심장으로 향하고 있었다.

지운은 생각했다.

자신은 참으로 멍청한 놈이라고.

자신의 잘못으로 문파의 이들이 산 채로 타 죽을 뻔했다는 사실에 등골이 섬뜩했다.

'대체 내가 무슨 짓을…….'

죽음을 앞둔 지금에서야 아둔함에서 깨어날 수 있었다.

일장춘몽에서 깬 느낌이었다.

하지만 이미 늦었다.

자신이 반격하지도, 피하지도 못했을 정도로 빠른 속도로 쏘아진 검이다.

이대로 자신은…….

그래도 이게 속죄가 될 수 있다면…….

그는 눈을 감았다.

챙-!

그런데 의문의 검 소리가 들렸고, 그가 눈을 떴을 때 깜짝 놀랐다.

"자, 장문인!"

장문인이 그의 앞에 서 있었기 때문이다.

인자한 웃음을 지으며 이래도 허허, 저래도 허허하던 것과 달리 서늘하고도 싸늘한 얼굴이었다.

"네놈이 누구든 간에 형문파의 제자를 건드리게 할 수는 없지."

지운은 장문인이 흑의인의 공격에서 자신을 구해 준 것을 깨닫고 놀란 표정을 지었다.

한편 흑의인은 차가운 목소리로 말했다.

"내 참고로 말하는데, 그쪽이 구한 제자는 이 형문파에 돌림병을 일부러 퍼트린 자이오."

"알고 있다."

그 말에 지운은 한 번 더 놀랐다.

알고 있었다니!

그럼에도 자신을 구했다는 거다.

"그래도 어쩌겠는가? 미우나 고우나 내가 안고 가야 할 제자인데 말이지."

"참 대단하시오."

"그리 말하는 것을 보니, 네 주인은 안 그런가 보구나?"

"……."

흑의인은 말을 잇지 못했다.

자신이 아는 주인은 일에 실패했을 때 용서라고는 없는 자였으니까.

그러니까…….

타앗-!

흑의인은 땅을 박찼고, 장문인을 향해 검을 휘둘렀다.

챙-! 채챙-!

몇 합 만에 흑의인은 깨달았다.

자신과 장문인의 실력 차이가 현격하다는 것을.

그러나 이대로 돌아갈 수는 없는 노릇.

그때 장문인이 그에게 말했다.

"죽을 생각인가?"

"……."

"죽을 생각이군. 그렇다면 내 부탁하지. 자네가 알고 있는 것에 대해 말해 주게나."

"……말해 주면, 뭘 해 줄 겁니까? 저는 이미 죽을 목숨인데?"

"살수가 아니라 무사로서 정정당당하게 싸울 수 있게 해 주겠네."

그의 말에 흑의인은 피식 웃었다.

사실 자신도 살수로 살고 싶어서 이렇게 살수 노릇을 하는 건 아니었다.

원래 어엿한 무사였던 만큼, 살수 생활에 환멸을 느끼던 참이었다.

그렇기에 그 제안을 받아들였다.

"좋소이다. 내가 알고 있는 건 얼마 없지만……."

그는 자신이 알고 있는 것에 대해서 말해 주었다. 그의 말대로 몇 가지 정보밖에는 없었다.

형문파가 무림맹주의 눈에 거슬렸다는 것.

형문파에 돈 돌림병은 만결의선의 추측대로 사천당가에서 만들었다는 것.

이번 일이 실패함으로써 맹주가 화가 났다는 것 등이다.

"내가 아는 정보는 이것밖에 없소."

"충분하네."

흑의인이 말을 이었다.

"그래서 이제 어찌할 것이오?"

"우리가 뭘 어찌할 수 있을까? 그냥 그런 일이 있었구나 하면서 지금처럼 살아갈 수밖에."

장문인이 말을 이었다.

"분명 맹주도 뭔가 이유가 있어서 그리했을 것이네."

"……."

장문인은 검을 들고서 그에게 말했다.

"검을 드시게. 그리고 사력을 다해야 할 것이네."

흑의인도 고개를 끄덕이며 검을 마주 들었다.

"나는 형문파의 장문인 도진이오. 그대의 이름은?"

"내 이름은…… 연계승이오."

일순, 주변은 숨 쉬는 것마저 조심스러울 정도의 고요함이 깔렸다.

그렇게 약 반각 정도가 지났을 때.

탓-!

타앗-!

둘의 신형이 사라졌다가, 다시 반대편에 나타났다.

장문인은 옷소매를 들었다.

옷소매의 반이 잘려 있었다. 그걸 본 장문인은 허허 웃었다.

"잘 가시게나, 연계승 무사."

털썩.

연계승이 무릎을 꿇었다.

그리고 웃으며 말을 이었다.

"감사…… 하오. 이런 장문인이라니…… 부럽군."

그와 동시에 그의 신형이 쓰러졌다.

장문인은 그의 모습을 보고는 지운에게 고개를 돌렸다.

"네 사형과 동기들이 걱정하고 있다."

"네?"

"요즘 네 행동이 이상하다고 말이다."

"이, 이상했다고요? 하지만 저는 평소처럼 행동을 했습니다."

"문파 안에서 서로 부딪치며 아옹다옹 살아온 세월이 몇 년인데 그걸 모르겠느냐?"

"……."

"다만 사연이 있나 보다 했을 뿐이었지."

그 말에 결국 지운은 그 자리에 주저앉아 통곡을 했다.

"죄송합니다. 제가…… 제가…… 엉엉……."

"그만 일어나거라. 땅이 차다."

"장문인…… 흐어어엉."

"허허허."

장문인은 나무를 모아 불을 피웠다. 곧 메케한 연기가 사방에 퍼지기 시작했다.

* * *

나무 위.

나는 그 모습을 지켜보고 있었다.

형문파의 장문인은 참으로 좋은 사람이었다.

그야말로 인자함의 표본이다.

장문인은 고개를 들어 나를 보았다. 나는 고개를 끄덕여 보였다.

장문인은 지운이라는 제자와 함께 전각으로 향했고, 그제야 나는 나무에서 내려왔다.

탓.

그리고 쓰러진 연계승이라는 자에게 다가갔다.

장작이 타오르고 있었지만, 그건 연계승의 시체를 태우기 위함이 아닌, 그렇게 착각하게 만들기 위한 것이었다.

연계승은 아직 죽지 않았다.

장문인은 이자를 죽이지 않았다.

하긴, 살수가 아니라 무사로서 정정당당하게 싸울 수 있게 해 주겠다고 했지, 죽을 수 있게 해 주겠다고 한 건 아니니 약속을 어긴 건 아니다.

이런 것을 보면 장문인은 장문인이다.

나는 나무 위에 있던 나에게 장문인이 보냈던 전음을 떠올렸다.

- 참으로 아까운 재주인데, 어떻게 안 되겠습니까? 비록 제자를 죽이러 왔다지만 자의는 아닌 듯하오.

"……."

- 지금 우리를 감시하는 자의 시선은 연기로 현혹해 보겠소.

나는 승낙의 표시로 고개를 끄덕였다.

그렇게 연기가 시작된 것이다.

이곳을 감시하던 자들이 이곳을 떠나 사라졌음을 확인하고 나무에서 내려왔고.

나는 쓰러진 연계승을 어깨에 짊어졌다.

어르신이 뭐라고 한소리 하시겠군.

그런데 나는 이자가 펼치는 검술을 보며 문득 그런 생각이 들었다.

내가 익히는 검법과 비슷한 것 같다는…….

설마, 내 착각이겠지.

.
.
.

며칠 후.

만결의선과 내가 형문파를 떠날 시간이 되었다.

언제까지 이곳에 있을 수는 없었으니까.

이곳을 찾은 무사들에게는 약을 만드는 방법을 적은 약방문을 제공하기로 했다.

왜냐하면 약을 만드는 재료도 떨어졌고, 끝도 없이 약을 제공할 수도 없었으니까.

장문인은 만결의선과 나에게 옥으로 만든 패를 하나씩 주었다.

"이건?"

"이는 우리 형문파가 큰 도움을 받은 분께 드리는 징표입니다. 우리가 도울 일이 있다면 돕겠다는 징표이기도 하오."

거절은 거절하겠다는 단호한 눈빛에 옥패를 품에 넣을 수밖에 없었다.

"그리고 대협이 조언했듯이, 우리는 이 일에 대해 함구하려고 하오."

"잘 생각하셨습니다."

형문파는 작은 문파다.

만약 이런 일이 또 벌어진다면 정말 어찌 될지 모르기에 바짝 엎드리기로 한 것이다.

그래서 연계승이라는 자와 대화할 때 '맹주가 이리한 이유가 있겠지.'라고 말한 것이다.

하지만 그게 복종의 의미는 아니다.

언젠가 때가 되면 날카로운 이빨을 드러낼 테니까.

장문인의 처소에서 나온 나에게 어린 제자가 쪼르르 달려왔다.

구시라는 이름을 받게 되었다며 좋아하던 아이다.

"이제 가시는 건가요?"

"그래. 이제 가야지."

"다음에 다시 꼭 들러 주세요."

"응. 그러니까 밥 잘 먹고 잘 자고, 수련도 열심히 하고. 알았지?"

"네."

아이는 고개를 끄덕였다.

"그리고 저 오늘 이름을 받았어요."

"그래?"

"네. 제 이름은 구휘예요."

구휘(救輝). 누군가를 구하는 빛이라는 의미다.

"좋은 이름이네."

그렇게 마당을 지나는 사이, 지운이라는 제자의 모습도 보였다.

그는 앞으로 삼십 년 동안 변소 청소를 도맡아서 하기로 했다고 한다.

스스로 정한 처벌이었다.

그렇게 만결의선과 내 일행은 형문파 이들의 배웅을 받으며 문을 나섰다.

.

.

.

우리는 의창에 머물고 있던 일행과 합류했다.

칠 일 후.

드디어 은해상단에 도착했다.

상단 앞에는 인파가 구름같이 몰려 있었다.

"줄을 서시오!"

"설혼초는 이쪽! 백령초는 이쪽! 설삼은 저쪽이오!"

"그 밖의 약재는 이곳이오!"

"아! 거기 줄 서라니까! 자꾸 그러면 무서운 무사님들이 달려옵니다."

"거기! 새치기하지 말라니까?"

"이제 곧 경매 시작합니다!"

다행히 우리는 뒷문으로 들어왔기에 인파를 뚫지 않고 무사히 상단 안으로 들어올 수 있었다.

"국주님과 일행분의 무사 귀환을 감축드립니다."

미리 연락을 받았는지 현풍국의 여창의 부관과 몇몇 이들이 마중을 나왔다.

"아니, 이게 대체 무슨…… 일입니까?"

"이게 다 선협미랑 국주님 덕분입니다."

윽, 선협미랑이라는 명호가 여기까지 퍼졌구나.

"네? 제 덕분이라니요?"

대체 그게 무슨 소리인지 감도 오지 않았다.

"사실 말입니다."

무사는 자초지종을 설명했는데, 의창과 형문파에 퍼진 돌림병의 재료가 되는 약재가 은해상단에 있다는 말을 듣고 전국에서 몰려들었다는 것이다.

"그래서 상단주님을 비롯하여 다른 가족분들은 눈코 뜰 새 없이 바쁘게 움직이고 계십니다."

"그래서 마중을 나오지 못하신 거군요."

"그렇습니다. 그런데 옆의 분은?"

나는 씩 웃었다.

"만결의선님이십니다."

"헉!"

여창의 부관이 깜짝 놀라며 깊이 고개를 숙였다.

"고명하신 의선님을 뵙습니다."

"제가 국주로 있는 현풍국의 여창의 부관입니다."

"반갑네."

나는 여창의 부관을 보며 물었다.

"아버지는 안에 계시죠?"

"네."

나는 나와 함께했던 이들에게 말했다.

"그동안 수고하셨습니다. 여러분들도 돌아가 푹 쉬도록 하세요. 해산하겠습니다."

"수고하셨습니다."

그렇게 일행들은 흩어졌다.

남은 건 팔갑과 두 호위무사, 그리고 나를 따라온 죽립을 쓴 무사다.

나는 그들에게 말했다.

"아버지를 뵙고 올 테니까 먼저 문곡당으로 가 있도록 해."

"알겠습니다요."

나는 만결의선과 함께 아버지의 집무실로 향했다.

* * *

문곡당에 도착한 이들은 짐을 풀었다.

"저기, 무사님?"

"네."

"먼저 씻으시는 게 좋겠습니다요."

팔갑의 말에 그는 새 옷을 가지고 욕실로 들어갔다.

따뜻한 물로 몸을 씻자, 그는 그제야 자신이 무림맹이 아닌 은해상단에 왔음을 실감했다.

그의 이름은 연계승.

무림맹의 맹주가 부리던 살수였다.

하지만 이제는 쓸 수 없는 이름이다. 이제 다른 인물로 살기로 했으니까.

형문파 장문인과 비무를 했고, 눈을 떴을 때 한 미청년이 그의 곁에 있었다.

그리고 그는 그에게 놀라운 제안을 했다.

살수가 아닌 새로운 삶을 살 수 있도록 돕겠다는 것이었다.

이유를 묻는 그에게 미청년, 그러니까 은서호는 미소 지으며 대답했다.

"이건 제가 아니라 장문인께서 베푸시는 호의입니다. 그러니까 다음에 만나면 그때 물어보세요."

그는 그 제안을 받아들이기로 했다.

어차피 죽을 목숨이다.

이왕 죽을 목숨, 조금만 더 욕심을 내기로 했다.

며칠, 아니 몇 달만이라도 당당하게 활보하며 살고 싶었으니까.

조금 더 욕심을 내자면, 만약 그분이 살아 있다면 찾고 싶었다.

그분에게 그날 있었던 일에 대해서 말하고 싶었다.

그날, 무슨 일이 있었는지 아는 자는 이제 자신 외에는 없을 테니까.

* * *

아버지는 만결의선을 극진하게 환대했다.

의선께서 부관의 안내를 받아 처소로 향하는 것을 본 나는 다시 아버지에게 시선을 돌렸다.

"그래서, 선협미랑이라는 명호를 얻으니 좋으냐?"

"부담스럽습니다."

"그래도 잘 간수해라. 명호는 아무나 얻는 거 아니다."

"안 그래도 때 빼고 광낼 생각입니다."

내 말에 아버지는 흐뭇하게 웃으셨다.

"솔직히 네가 우리 상단의 약재를 털어 갈 때만 해도 대체 무슨 생각인지 몰랐는데, 다 생각이 있었구나."

"네?"

"생각보다 그리 잘 팔리지 않던 영약들을 찾는 이들이 몰리면서 경매를 진행했지. 이번 돌림병의 특효약일 뿐만 아니라, 미리 먹으면 병에 걸리지 않는다고 해서 말이다."

그런 효능이 있긴 했지.

"그래서 수익이 얼마나 됩니까?"

아버지는 영약 경매로 벌어들인 수익에 대해 말씀해 주셨다.

"네?"

그걸 들은 나는 한동안 입을 다물지 못했다.

"지, 진짜입니까? 그렇게 많이 벌었습니까?"

"아주 짭짤했지."

아버지의 광대가 하늘 높이 승천하고 있었다.

상단에서 약재를 가지고 왔다는 소문이 퍼질 건 알았지만, 그걸 구하려고 그렇게 많은 돈을 쓸 거라고는 예상하지 못했다.

"이건 모두 네 덕이다."

"이름값입니까?"

"아니. 네 덕분에 우리 상단은 신뢰를 얻었으니까. 영약 거래에서 가장 중요한 건 바로 신뢰 아니냐?"

나는 피식 웃었다.

이번 일로 인해 우리 상단은 다른 그 무엇보다 소중한 것을 얻었다.

신뢰 말이다.

24장. 진호 형을 위한 선물

진호 형을 위한 선물

내가 의창에서 돌아온 지 얼마 지나지 않아 시월이 되었다.

이달의 가장 큰 행사는 진호 형의 생일이지만, 올해는 특별하다.

드디어 진호 형이 소단주가 되기 때문이다.

그렇다면 진호 형을 위해서 근사한 선물을 하나 마련해야지.

나는 이전 삶에서 진호 형의 소단주 공표식 때 무슨 일이 있었는지 떠올려 보았다.

그리 큰일이라고 할 만한 일은 없었…… 아니네.

일이 있었군.

정호 형의 공표식 때는 살수가 난입했다.

내 공표식 때에는 정호 형과 진소미 소저가 서로 마음

을 확인했고, 얼마 후 진소미 소저는 내 형수님이 되었다.

사실 그건 나도 예상하지 못했던 일이긴 했다.

이전 삶보다 삼 년은 이르게 내가 소단주가 되었으니까.

이전 삶에서의 내 소단주 공표식 때는 흉년으로 인해 나라에서 금주령을 내리는 바람에 술도 없고 무척 간소화된 연회를 열 수밖에 없었는데 말이지.

소단주 공표식이 있을 때마다 일이 생기는 것을 보면 참으로 안타까웠다.

나는 침상에서 일어났다.

이제 하루를 시작할 시간이다.

내가 방문을 나서자 문 앞에 서 있던 연계승 무사가 고개를 숙였다.

그는 나에게 연계승이라는 이름이 아닌 다른 이름으로 불러 달라고 요청했다.

연계승이라는 이름은 맹주가 준 이름이니, 혹 들킨다면 곤란해질 거라는 이유였다.

"뭐라고 불러 드리면 좋겠습니까?"
"진유(進裕)라고 불러 주십시오."
"스스로 지은 이름입니까?"
"아닙니다."
"……?"
"세상에서 잊힌 제 원래 이름입니다."

그렇게 연계승은 진유가 되었다.

진유 무사는 이제 문곡당에서 함께 머물게 되었다.

그의 소속은 내 개인 호위대이다.

소단주는 개인적으로 운용할 수 있는 호위대를 둘 수 있는데, 소단주가 되면 주어지는 호위들도 호위대에 속해 있다.

개인적으로 운용한다는 건 그 봉급을 개인적으로 지급해야 한다는 것이다.

은해상단에서는 호위 두 명을 쓸 수 있는 돈은 지원해 주지만 그 이상은 지원하지 않았다.

"그동안 고생 많으셨습니다."

내 말에 진유 무사는 포권하며 인사했다.

"아닙니다. 많은 것을 배울 수 있는 시간이었습니다."

어제까지 진유 무사는 은풍대에서 훈련을 받고 어제저녁에 돌아왔다.

상단 식솔들의 호위무사는 은풍대의 무사들과 함께 움직여야 하는 경우가 왕왕 생겼다.

그렇기에 그들과 함께 움직일 때 빈틈이 생기지 않도록 알아야 할 것들이 제법 있었다.

즉, 그걸 익히기 위해서 은풍대에서 약 보름 정도는 함께 훈련을 해야 했다.

은풍대원이 아닌 외부 인원을 호위로 받아들이기 위해서는 반드시 거쳐야 하는 절차다.

내가 볼 때 은풍대에서 보름 정도 굴리는 건 믿을 만한 인물인지 확인하기 위해서인 듯했다.

살수였던 진유 무사에 대해 우려를 표하셨던 아버지께서 진유 무사가 훈련을 마치고 문곡당으로 복귀하는 날 나에게 "네 선택을 존중하기로 했다."라고 말씀하신 것을 보면 말이지.

나 역시 진유 무사를 내 호위대에 넣은 내 선택을 믿었다.

진유 무사는 살수로 일했음에도 전혀 거북한 기운이 느껴지지 않았기 때문이다.

오히려 이상한 친숙함이 느껴졌다.

그리고 그가 펼치는 검법에서 뭔가 알 수 없는 익숙함이 느껴지는 것 같기도 했고 말이다.

"정식으로 제 호위가 되신 것을 환영합니다."

"두 번째 기회를 주셔서 감사합니다. 주군께 충성을 다하겠습니다."

"감사는 형문파의 장문인께 하시고, 저에게는 충성만 보여 주시면 됩니다."

나는 웃으며 세 무사에게 말했다.

"그럼 운기조식을 할 테니, 호법 부탁드립니다."

그 말에 여응암 무사가 진유 무사에게 말했다.

"어제 말한 대로 하면 되네."

"알겠습니다."

곧 그들은 각자 맡은 위치로 향했고, 나는 마당 가운데 앉아 운기조식을 시작했다.

운기조식을 할 때 느끼는 건 날이 추워질수록 운기조식의 효율이 높아진다는 것이다.

아무래도 내가 익히는 무공이 빙공이기 때문인 듯했다.

나는 저번에 은무검을 얻는 와중에 광인 무사와 싸웠고, 그 와중에 절정의 벽을 넘었다.

사부님께서는 어차피 때가 되면 경지는 오르니, 조급하게 생각하지 말라고 하셨다.

자칫하면 폐인이 될 수 있으니 주의해야 한다고도 하셨고.

태음빙해신공으로 쌓은 내공은 그 자체로 날카롭기에 그로 인해 오히려 혈맥이 찢길 수도 있다는 거다.

처음 겪어 보는 경지를 최대한 조심해서 맞이하고 싶었다.

자칫하다 무림맹과 백천상단에 복수하지도 못하고 폐인이 된다면 억울해서 눈도 감지 못할 테니 말이다.

그리 생각하며 여유를 가지고 매일 매일 수련에 정진하던 차에 맞이한 절정의 경지라서 그런지 생각보다 빠르게 적응할 수 있었다.

사부님 말씀대로 때가 되니까 벽을 넘게 되는구나.

그런데 내 나이가 스무 살도 안 되었는데 벌써 절정의 경지라니.

사부님께서는 혹시라도 다른 이들이 알면 과도한 관심이 집중될 수 있으니 최대한 실력을 숨기라고 하셨다.

나 역시 같은 생각이다.

나의 무공은 무림맹을 노리는, 숨겨진 발톱이니까.

그나저나 태음빙해신공은 수련을 하면 할수록 신공은 신공이구나 싶었다.

경지가 높아질수록 그 위력을 체감할 거라는 사부님의 말씀을 알 것 같았다.

"후우……."

깊게 숨을 내쉬며 나는 눈을 떴다.

운기조식을 끝내고 자리에서 일어나기 무섭게 사부님께서 들어오셨다.

매번 이렇게 딱 맞추어서 오시는 것을 보면 참 신기하단 말이지.

"좋은 아침입니다, 사부님."

"네, 좋은 아침이군요. 그럼 수련을 시작하겠습니다."

* * *

진유 무사는 자신의 선배 호위인 여응암 무사에게 물었다.

"저, 한 가지 여쭐 것이 있습니다."

"무엇인가?"

"주군께 무공을 전수하시는 스승은 어떤 분입니까?"

그 물음에 여응암 무사가 대답했다.

"이름은 곽명현. 우리 은해상단과 협력 관계에 있는 창인표국의 표두네."

"그러…… 십니까? 그럼 혹시 그 무공에 대해서 아는 바가 있으십니까, 선배님?"

선배님이라는 호칭에 여응암 무사는 자신도 모르게 미소 지었지만, 얼른 미소를 지웠다.

"나도 잘은 모르지만, 빙공이라고 알고 있네."

"그렇군요."

진유는 고개를 끄덕였다.

"남자가 빙공을 익히기 위해서는 체질 역시 특별해야 하니…… 주군의 체질이…… 그렇군요."

"혹시 그걸 다른 이에게 말할 생각인가?"

"저에게 두 번째 기회를 주신 분을 배신해야 하는 상황이 온다면 스스로 죽을 겁니다."

그 표정에 여응암 무사와 이필 무사는 아무 말 없이 그 표정을 볼 뿐이었다.

"그건 그렇고, 내 경고하는데 곽 표두님께 절대 경솔한 언행을 하지 말게나."

"네?"

"무공 전수를 위해서 자리를 비켜 달라는 말과 함께 단지 바라만 봤을 뿐인데…… 피가 어는 기분이었지."

그 말에 이필 무사도 몸을 부르르 떨었다.

"진짜 두 번 다시 하기 싫은 경험입니다."

"알겠습니다. 유념하겠습니다."

"그건 그렇고."

여응암 무사가 말을 이었다.

"이제 정식으로 문곡당 호위대의 일원이 되었으니, 그대의 실력을 알고 싶네."

이필 무사가 말을 이었다.

"주군의 호위를 위해서라도 서로의 실력을 알아야 만약의 사태에 대응할 수 있지 않겠습니까?"

"저 역시 동의하는 바입니다."

진유 무사도 흔쾌히 동의했다.

"그럼 정식으로 주군께 허가를 받아 한번 붙어 보도록 하지."

"알겠습니다."

세 무사는 호위다.

그렇기에 마당이 보이는 공간에서 은서호를 호위하고 있는 거다.

마당을 데굴데굴 구르고 있는 은서호와 무표정한 얼굴로 그 모습을 지켜보고 있는 곽명현을 바라보는 진유의 눈빛은 복잡했다.

'아까 주군께서 운기조식을 할 때 느껴지던 기운이 뭔가 익숙하다 싶었는데……'

은서호가 금령이라고 부르는 돼지 영물인 한호수를 보는 순간 설마 했다.

그건 설풍궁의 궁주를 지키는 영물이었으니까.

그래도 워낙 돈을 좋아하는 녀석이니 그러려니 했다.

그리고 오늘, 무척이나 놀랐다.

문곡당에 들어서는 곽명현을 봤을 때 다리에 힘이 풀려

서 주저앉을 뻔했다.

'이렇게 만나게 되는군요.'

이는 하늘이 아직 자신을, 그리고 설풍궁을 버리지 않았다는 의미다.

자신이 죽지 않고 두 번째 기회를 얻은 것도 말이다.

수련이 끝났는지 은서호가 곽명현에게 포권을 했다.

그리고 곽명현은 문곡당 문을 나서려고 했다. 이를 본 진유가 두 호위에게 말했다.

"잠시 자리를 비워도 되겠습니까?"

"그렇게 하게."

허락을 받은 그는 다급하게 곽명현에게 다가갔다. 그리고 그를 불렀다.

"저, 곽 표두님."

그에 곽명현이 고개를 돌려 그를 보았다.

"나를 부르셨습니까?"

"네."

"처음 보는 분이군요."

"오늘부터 은서호 주군의 호위가 된 무사 진유라고 합니다."

"잘 부탁하오."

"저야말로 잘 부탁드립니다."

"나를 부른 것이 인사를 위해서……."

"저희, 구면인 듯해서 말입니다."

"……?"

진유는 자신의 기운을 끌어올렸다. 그리고 검을 들었다. 하지만 검집에서 검을 뽑지는 않은 상태였다.

"무슨?"

난데없는 상황에 곽명현은 어리둥절했다. 하지만 진유는 확신했다.

그 어떤 말보다 이게 더 확실한 설명이 될 거라는 것을.

그는 천천히 검집으로 하나의 검식을 펼쳤고, 그 검식을 본 곽명현의 두 눈은 찢어질 듯 커졌다.

검식을 다 펼친 진유는 공손히 포권했다.

"알아보시겠습니까?"

"……그 검법을 내가 어찌 모르겠느냐?"

"오랜만에…… 뵙습니다."

* * *

나는 고개를 갸웃했다.

뭐지?

갑자기 진유 무사가 사부님을 부르더니 검집째 잡은 검으로 검식을 펼쳤다.

그런데 그 검식, 어딘가 익숙했다.

그보다 놀라운 건 사부님이었다.

사부님의 그 표정은 내 검인 은무검을 보셨을 때의 표정이었으니까.

즉, 진유 무사는 사부님과 깊은 관련이 있다는 의미다.

잠시 후 사부님은 나에게 말씀하셨다.
"국주님."
"아, 네! 사부님."
"이 무사와 잠시 이야기를 나누어도 되겠습니까?"
그 물음에 나는 흔쾌히 고개를 끄덕였다.
"네. 그렇게 하십시오."
사부님과 진유 무사는 문곡당을 나섰다. 그 모습을 보며 나는 후들거리는 다리에 힘을 주었다.
오늘도 진짜 힘들었다.
"꾸! 꾸웃!"
금령은 내 옷소매에서 나와 내 어깨에 앉아 꾸꾸거렸다. 나름대로 위로해 주는 듯했다.
그래그래, 고맙다.
팔갑이 잽싸게 수건과 물을 가지고 왔다.
왠지 팔갑은 금령에게 질 수 없다는 듯한 표정을 짓고 있었다.
팔갑아…….
금령은 영물이고 너는 사람이야. 왜 사람이 영물을 질투해?
아닌가?
팔갑은 곰이라고 해야 하나?
그때 여응암 무사와 이필 무사가 나에게 다가왔다.
"주군. 드릴 말씀이 있습니다."
"네, 말씀하세요."

"오늘 저녁, 진유 무사와 비무할까 합니다. 허락해 주십시오."

"그러세요."

"네?"

이렇게 흔쾌히 승낙할 줄 몰랐는지, 두 무사는 의아한 표정이었다.

"각자 실력을 알아야 호위에 구멍이 생기지 않으니 그리 결정한 것 아닙니까?"

"……맞습니다. 그런데 어찌 아셨습니까?"

그 물음에 나는 피식 웃었다.

"그냥 압니다."

그보다 나는 사부님과 진유 무사의 대화가 더 궁금했다.

대체 무슨 이야기를 하는 걸까?

하지만 그런 생각에 빠져 있을 여유는 없었다.

나는 빠르게 식사를 마치고 집무실로 향했다.

일거리가 쌓여 있었으니까.

.

.

.

오늘도 순식간에 하루가 지나갔다.

자무인형과 작풍기는 아직 많은 인기를 끌고 있었다.

그리고 이번에 출시한 자악금(自樂琴)의 인기는 어마어마했다.

정호 형의 혼인 선물로 주면서 홍보한 효과라기보다는, 그 자체가 엄청 신묘한 기물이었기 때문이다.

나도 놀랐으니까.

다시 말하자면, 내 일거리가 계속해서 추가되고 있다는 의미다.

세간에서는 이런 것을 '자기 팔자 자기가 꼰다'라고 하던데…….

그래도 할 수 없다.

백천상단을 상대하기 위해서는 우리 상단이 더 커져야 했으니까.

호북성의 소금 소매상이 되면서 지난 동지 때는 천하백대 상단의 말석에서 육십 위까지 올라왔는데 이번에는 좀 기대해 봐도 될 듯하다.

아직 백천상단에서 별다른 움직임이 없는 것으로 봐서 이전처럼 '재미있게' 지켜보고 있는 거겠지.

그 방심이 결국 턱밑의 비수가 될 것은 예상하지 못하고 말이지.

별당에 돌아와 저녁을 먹은 후 나는 마당으로 나왔다.

여응암 무사가 말한 대로, 오늘 세 무사가 비무를 하기로 했기 때문이다.

만약의 사태를 대비하여 나는 특별한 손님을 모셨다.

"하하하! 이렇게 소단주님의 별당에 초대해 주시니 참으로 감사합니다."

"외총관께서 제 별당에 방문해 주시니, 저야말로 영광입니다."

바로 고일평 외총관이다.

고일평 외총관을 본 세 무사는 당황했는지 얼른 포권했다.

그도 그럴 것이 오늘 외총관이 올 거라는 건 말하지 않았으니까 놀랐겠지.

나는 빙긋 웃으며 말했다.

"외총관도 오셨으니, 뒷일 생각하지 말고 화끈하게 붙어 봅시다."

세 무사의 시선이 내게 집중되었다.

뭔가 따끔거리는 이 기분은, 그냥 기분 탓이겠지.

그렇게 세 무사의 비무가 시작되었다.

.

.

.

그렇게 한 시진 정도 지났을 때, 여응암 무사와 이필 무사는 경악 가득한 표정을 지었다.

"이, 이럴 수가······."

"이런······."

그리고 그 앞에서 진유 무사는 당당하게 서 있었다.

그는 숨만 살짝 흐트러졌을 뿐이다.

오늘 비무에서 진유 무사가 두 무사를 가뿐하게 이겨 버렸다.

그 모습을 지켜보던 외총관은 허허 웃으며 말했다.
"진유 무사라고 했습니까?"
"네."
"제법이군요. 저 나이에 완숙한 절정이라니……."
진유 무사의 나이는 이십 대 후반.

그 나이에 벌써 완숙한 절정의 경지에 이르렀다는 건 그의 재능이 상당하다는 의미였다.

아니면 그만큼 독하게 수련을 했든지.

사실 나는 오늘의 결과를 예상했다.

그도 그럴 것이 형문파 장문인의 소맷자락을 벤 실력이다.

여응암 무사와 이필 무사의 실력도 어디 가서 무시받을 수준은 아니지만, 그래도 일류 수준에 머무르고 있었으니까.

그때 여응암 무사가 나를 바라보며 포권했다.

"주군께 청이 있습니다."
"청이요? 무엇입니까?"
"개인 수련 시간을 허락해 주십시오."

그 말에 이필 무사 역시 포권했다.

"저 역시 간청드립니다."

현재 세 무사는 모두 같이 내 호위를 서고 있다.

하지만 이건 비효율적이라 볼 수 있다.

"그럼 이렇게 합시다."

나는 머릿속으로 잠시 생각을 정리하고는 말을 이었다.

"호위가 필요하다고는 하지만, 특별한 일이 아니고서는 제 동선은 별당과 집무실, 그리고 저잣거리로 정해져 있습니다."

내 말에 그들은 고개를 끄덕였다.

"그리고 정작 호위가 필요한 건 저잣거리에 나갔을 때입니다."

나는 말을 이었다.

"그러니 시간을 하루를 세 등분으로 나누어서 세 분이 번갈아 가면서 제 호위를 맡아 주십시오. 그리고 남는 시간은 개인의 수련을 위한 시간으로 쓰시면 될 듯합니다. 어떠십니까?"

내 제안에 그들은 서로를 바라보더니 고개를 끄덕였다.

"배려해 주시니 감사합니다."

"아닙니다. 이는 저를 위해서도 좋은 일입니다."

나는 말을 이었다.

"여러분이 강해질수록 저 역시 안전해지지 않겠습니까?"

그리고 여러모로 써먹기도 좋고…….

아무튼, 그렇게 하루가 마무리되었다.

다음 날.

사부님의 표정은 여전히 담담했다. 어제 봤던 표정이 내가 잘못 본 건가 싶을 정도였다.

수련을 마치고 나는 숨을 골랐다.

오늘 수련도 힘들었지만, 형문파에 갈 때 수련한 덕을 톡톡히 봤기에 불평할 수는 없었다.

"수고하셨습니다. 오늘은 여기까지 하겠습니다."

"가르침에 감사드립니다."

내 인사에 사부님은 고개를 끄덕이셨다. 그리고 마치 날씨를 이야기하듯 말을 하셨다.

"진유 무사를 살려 주시고 또 두 번째 기회를 주셔서 감사드립니다."

"아시는 사이입니까?"

내 물음에 사부님은 고개를 끄덕이셨다.

"아주 오래전의 인연이었습니다."

"그러셨군요."

어쩐지 그 이상의 것을 물어보는 게 망설여졌다.

그사이 사부님의 말이 이어졌다.

"제가 내일부터 표행을 떠납니다."

"네? 어제까지만 해도 그런 말씀은 없으셨는데?"

"갑자기 떠나게 되었습니다."

"그러시군요. 그럼 이번에 진호 형의 소단주 공표식 때 오지 못하시는 겁니까?"

"그렇게 되었습니다. 저 대신 축하한다고 전해 주십시오."

"네, 알겠습니다."

사부님이 왜 갑자기 표행을 떠나시게 되었는지 정확한 이유는 모른다.

하지만 그 이유가 어제 진유 무사와 이야기를 나눈 것 때문인 듯했다.

슬쩍 물어볼까?

"아…… 그리고 말입니다."

"네."

"괜히 진유 무사를 곤란하게 하지 않으셨으면 합니다. 때가 되면 제가 직접 말씀드리겠습니다."

속내를 들킨 듯해 그저 머쓱하게 웃으며 고개만 끄덕였다.

.
.
.

그날 오후.

잠시 시간이 났고, 나는 그 틈을 타서 진호 형의 선물을 구하러 저자로 나갔다.

지금은 진유 무사가 나를 호위할 시간이다.

"잠시 저와 나갔다 옵시다."

"따르겠습니다. 그런데 팔갑 소이를 불러야 합니까?"

"안 부르면 토라지겠죠?"

"그럴 겁니다."

잠시 후, 전갈을 받고 팔갑이 내 집무실로 왔다.

"저 왔습니다요, 도련님."

"응, 가자."

이번에 진호 형에게 필요한 물건을 구할 수 있는 곳은

서가의 잡화점이 아니다.

내가 향할 곳은 대장간이다.

저렴한 상품을 주로 파는 동가와 유흥가인 서가의 중간쯤에 위치한 대장간이다.

염씨 가문이 대대로 이어서 대장간을 하는 곳이기에 염씨네 대장간이라고 불렀다.

보통은 괭이나 낫 같은 농기구를 만들어 팔긴 했지만, 사실 그곳의 주력 분야는 무기다.

특히 창을 잘 만들었다.

그래서 내가 이곳에 온 거다.

진호 형에게 선물할 창을 의뢰하기 위해서다.

사람마다 손에 잘 맞는 무기가 있게 마련이고, 내가 생각하기에 진호 형에게 잘 맞는 무기는 창이다.

외총관은 만약의 사태에 대비하기 위해 모든 무기를 사용하는 법을 알려 주었다.

하여 정호 형과 진호 형은 웬만한 무기는 전부 사용할 수 있었다.

그리고 소단주가 되면 그때부터 자신에게 가장 잘 맞는 무기 하나를 골라서 본격적으로 배우게 된다.

우선 정호 형이 선택한 건 검이었다.

진호 형에게는 외총관이 직접 창을 권했는데, 그것만 봐도 외총관의 안목을 알 수 있었다.

하지만 진호 형은 처음에는 검을 선택했다. 아마도 그게 더 멋져 보였기 때문이겠지.

외총관은 아쉬워하긴 했지만, 창을 강요하지는 않았다.

그러나 정충 조장과 어울리는 시간이 길어지면서 진호 형은 다시 창을 잡게 되었다.

그렇게 오 년 정도 후, 진호 형은 자신과 창의 상성이 무척 잘 맞는다는 것을 깨달은 듯했다.

그때부터 진호 형은 창을 배우기 시작했고, 엄청난 재능을 보였다.

훗날 진호 형이 호북성의 운장이라 불리게 된 이유가 비단 정의로운 성격 때문만은 아니었다.

창을 기가 막히게 잘 썼기 때문이다.

진호 형의 애마 역시 공교롭게도 붉은색이었다.

붉은색 말을 타고 창을 휘두르는 진호 형은 마치 운장을 보는 듯했다.

"어? 도련님, 여기는 염씨네 대장간 아닙니까요?"

곧 대장간에 도착했고, 팔갑이 고개를 갸웃했다.

"응, 맞아."

나는 쇳소리가 요란한 대장간 안으로 들어갔고, 나를 본 여인이 나를 맞이했다.

대장간의 안주인이다.

"소단주님 오셨어요?"

"안녕하세요."

내가 대외 활동을 많이 한 덕분인지 안주인이 나를 알아보았다.

"소단주님께서 이 누추한 곳에 어쩐 일이세요? 그냥 부르시지."

"바쁘신 분들에게 오라 가라 하기는 죄송해서 말입니다. 그리고 누추하다니요. 사람을 이롭게 하는 물건이 탄생하는 곳입니다."

"그리 말씀하시니 감사합니다."

나는 웃으며 말을 이었다.

"어르신을 뵙고 싶습니다."

"지금 작업에 들어가셔서 한 식경은 기다리셔야 할 듯합니다만……."

그리고 내 눈치를 보았다.

나는 고개를 끄덕였다.

"집중한 어르신을 방해해서는 안 되지요. 잠시 기다리겠습니다."

그리고 근처 나무 아래로 가서 그곳에 앉았다.

"덥지 않으십니까?"

진유 무사의 물음에 나는 고개를 끄덕였다.

"열기가 대단하죠?"

시월이라 바람에 한기가 실렸음에도 대장간의 타오르는 풀무불의 열기는 대단했다.

나는 그곳에서도 더위를 느끼지 못했지만, 팔갑과 진유 무사가 더울 듯하여 이곳으로 온 것이다.

그렇게 잠시 쉬고 있자, 대장간에서 백발이 성성한 한 노인이 나와 우리에게 다가왔.

진호 형을 위한 선물 〈225〉

"이 염 모를 찾으신다고 들었습니다."

나는 얼른 자세를 바로잡고 포권했다.

"은해상단의 은서호라고 합니다. 어르신을 뵙습니다."

"이 천한 노인네에게 과분한 예입니다."

"기술로 대가를 이룬 분께 응당 보여야 할 예입니다."

내 말에 염씨 노장은 기꺼운 미소를 지었다.

나는 내가 말한 대로 존경을 받아야 할 자에게는 마땅한 존경을 보인다.

염씨 노장 역시 내 존경을 받을 만한 분이다.

그리고 그는 상대방의 태도나 모습에 따라 그 태도가 다른 인물이다.

공손한 자에게는 공손하게, 싹수없는 자에게는 싹수없게, 그리고 난폭한 자에게는 난폭하게.

한평생 불과 쇠를 다루다 보니 그 성격 역시 그와 같아진 거다.

사실 이 노인네, 뒷배가 장난 아니다.

뭐, 그 뒷배가 없었어도 싹수없는 놈들은 대가리를 깨버리는 분이지만.

이전 삶에서 이런 분이 이곳에 계신다는 것을 알았을 땐, 이미 늦었었다.

"그리 말씀해 주시니 이 노인네, 몸 둘 바를 모르겠습니다. 그런데 무슨 일로 찾으셨습니까?"

"어르신이 창을 잘 만드신다고 하여 찾아왔습니다."

"창을…… 말입니까?"

"네."

"소단주님이 쓰실 겁니까?"

"아닙니다. 제 둘째 형이 이번에 소단주가 됩니다. 하여 형에게 선물할 겁니다."

"그렇군요."

나는 소매 안에서 종이를 꺼내어 내밀었다.

"이대로 만들어 주셨으면 합니다."

염씨 노장은 내가 내민 창의 모양새를 보더니 고개를 끄덕였다.

"어렵지는 않군요."

종이에 그려진 창은, 내 이전 삶에서 진호 형이 자신에게 맞추어서 만든 창이다.

지금도 아쉬운 부분이지만, 진호 형은 오 년만 일찍 창을 수련했다면 충분히 초절정의 경지에 다다랐을 것이 분명했다.

그러니 내가 선물하는 건 창이 아니다.

초절정의 경지를 선물하는 거다.

내가 죽었을 때, 진호 형이 초절정이었다면 그렇게 헛되이 죽지는 않았을 테니까.

"알겠습니다. 그런데 이 창은 어떤 재질로 만들어야 합니까? 아시다시피 이게 고급으로 만들수록 비용이……."

나는 내 주머니 안에서 미리 준비해 둔 주머니를 꺼내어 내밀었다.

"여기 의뢰비입니다."

염씨 노장은 내가 내민 주머니를 받아 열어 보았다. 그러고는 깜짝 놀라 뒤로 두어 걸음 물러났다.
"이, 이게……."
"적습니까?"
"아! 지금 장난하슈? 이게 적다니! 허!"
어지간히도 놀랐는지 염씨 노장의 입에서 원래 성격이 나왔다.
"이거면 천하의 명창도 만들 수 있는데 지금 그딴 소리를……."
"그럼 만들면 되겠네요. 천하의 명창."

그렇게 염씨 노장에게 진호 형의 선물을 의뢰했다.

은해상단으로 돌아가는 길.
나는 이번 진호 형의 소단주 공표식 때 일어날 일을 떠올렸다.
진호 형은 고일평 외총관의 수제자이자 수양아들이나 다름없었다.
그렇기에 초대되어 오는 손님들도 평소와 좀 달랐다.
진호 형과 일면식이 있던 무림인들이 많이 초대되어 자리를 채웠다.
그게 문제였다.
무림인들을 초대하지 않았으면 생기지 않을 문제이긴 했다.

하지만 진호 형은 상단의 사람이라고 하기에는 좀 맞지 않았다.

물론 이것저것 배워서 기본 이상은 했다.

하지만 상단의 이윤을 논하는 것보다 무림인들과 무공을 논하는 자리를 더 좋아하는 형이다.

그런 형의 기쁨을 뺏는 나쁜 동생이 되고 싶지는 않았다. 그러니 이 몸이 나서야지.

이번 진호 형의 소단주 공표식은 이전 삶과 달리 아무 문제없이 진행될 거다.

.
.
.

시간이 흘렀다.

상단 내부는 분주했다.

내일이면 진호 형의 소단주 공표식이었으니까.

나는 이필 무사와 함께 염씨 노장의 대장간으로 향했다.

내가 대장간에 도착했을 때 염씨 노장이 직접 나를 맞이해 주었다.

"제가 지금 올 것은 어찌 아셨습니까?"

"그럴 것 같았습니다."

"창은 완성되었습니까?"

내 물음에 염씨 노장은 회심의 미소를 지었다.

"흐흐흐. 잠시 기다리십시오."

그러고는 기다란 상자를 들고 와 탁자 위에 올려놓았다.

쿵.

그 무게를 알 듯했다.

상자의 뚜껑을 열자, 마치 달빛을 반사하는 듯 은은한 푸른색으로 빛나는 창이 자태를 드러냈다.

무기에 어울리지 않는 표현인 것 같지만, 아름답다는 생각이 들었다.

그런데 창대에 무어라 글자가 새겨져 있었다.

청룡무(靑龍舞)?

"어르신, 이 글자는 뭡니까? 제가 드린 그림에는 이런 게 없었는데요."

"아, 그거요? 이 녀석의 이름입니다."

"네?"

"이걸 완성하기 바로 전날 밤, 아주 신기한 꿈을 꾸었습니다. 글쎄, 청룡이 춤을 추는 것 아니겠습니까? 그런데 춤을 추던 청룡이 벼락처럼 바위에 꽂혔는데 가까이 가서 보니 청룡은 온데간데없고 이 창이 꽂혀 있었습니다."

염씨 노장이 말을 이었다.

"보통 그런 것을 보고 하늘의 뜻이라고 하죠. 하여 창에 그 이름을 붙인 겁니다."

"그렇…… 군요."

얼떨떨했다.

이전 삶에서 진호 형이 쓰던 창의 이름이 청룡무(靑龍

舞)였기 때문이다.
 진짜 하늘의 뜻인가?
 염씨 노장이 만든 창을 보자니 내가 선물하기 위해 만들었음에도 군침이 돌 정도였다.
 이런 실력의 장인이었음에도 세간에 제대로 알려지지 않은 것은 정말 딱 의뢰비만큼의 가치를 지닌 물건을 만들었기 때문이다.
 은자 한 냥을 주면 은자 한 냥만큼의 물건을, 은자 백 냥을 주면 은자 백 냥 만큼의 물건을 만들었다.
 절대 자신의 사비를 털어서 더 좋은 물건을 만들어 주거나, 의뢰비를 더 요구하는 일이 없었다.
 그 이유에 대해 염씨 노장은 말했다.

"세상사 심은 대로 거두는 법인데, 적게 투자하고 좋은 물건을 가지기 원한다고? 그게 도둑놈 심보지 뭔가?"

 그래서 이번에 염씨 노장에게 진호 형을 위한 창을 의뢰할 때 거금을 준 것이다.
 염씨 노장이 놀랄 정도의 의뢰금이었고, 딱 그만큼의 가치를 지닌 창이 탄생한 거다.
 "감사합니다."
 "허허, 나야말로 감사드립니다. 덕분에 돈 생각 안 하고 좋은 재료 팍팍 써서 명창을 만들 수 있었으니 말입니다."
 염씨 노장은 다시 상자의 뚜껑을 덮고 잘 포장했다.

그러곤 조심스럽게 말했다.
"그런데…… 청이 하나 있습니다."
"네?"
"소단주님의 검, 한번 봐도 되겠습니까?"
지금 내가 허리에 차고 있는 검은 은무검이다.
과연 뛰어난 야장답게 이 검의 진가를 알아본 듯했다.
"상관은 없습니다만, 어르신의 손으로 검집을 뽑으시면 절대 안 됩니다."
"그럼 소단주님이 검을 뽑아서 검날을 보여 주시면 아니 되겠습니까?"
나는 잠시 고민하다가 고개를 끄덕였다.
이런 뛰어난 창을 만들어 준 장인의 부탁인데, 그걸 거절하기가 뭣했으니까.
나는 검집에서 검을 뽑았다.
스르릉.
부드러운 소리와 함께 검날이 모습을 드러냈다.
그걸 바라보는 염씨 노장은 감탄을 내뱉었다.
"허어, 이런 검이 있을 줄이야!"
한참이나 검에 집중하던 그가 포권했다.
"이제 되었습니다."
탁.
검을 다시 검집에 넣자, 염씨 노장이 감탄을 내뱉었다.
"그 검은 가히 신검이라고 불러도 부족함이 없는 검이군요."

나는 멋쩍게 웃었다.

사실 내 검은 진짜 신검이긴 했으니까.

"확실히 그 검은 아무나 사용할 수 없는 검이긴 합니다. 뭐랄까…… 범용(汎用)이 아닌 특별한 기운에 맞추어져 있는 검이군요."

그 말에 속으로 살짝 놀랐다.

보는 것만으로도 은무검에 대해 알아차린 거다.

"그 검의 재료는 매우 특별한 것이기에, 그에 걸맞은 무공을 익히지 않으면 그 위력을 제대로 발휘할 수 없을 겁니다."

"걸맞은 무공이라면?"

"빙공입니다."

"아……."

그렇다면 다행이라고 해야 하나?

그때 내 귀에 걸리는 게 있었다.

"그런데 이 검의 재료가 특별한 재료라고 하셨죠?"

"예, 빙정(氷晶)입니다."

빙정이라고 하면, 극음의 땅에서 구할 수 있다는 음기의 결정이다.

그러니까 엄청 귀한 거다.

"그걸로 검을 만드는 게 가능한 일입니까?"

"장인의 집념이라는 건 불가능을 가능하게 합니다."

"우문이었습니다."

그렇다면 걱정되는 것이 있었다.

진호 형을 위한 선물 〈233〉

"이 검, 혹시 빙정으로 만들었다는 것을 다른 장인도 알아볼 수 있을까요?"

"음, 아무도 없다고는 하기 어렵지만, 대부분은 알아보지 못할 겁니다. 천하 삼대 명장쯤 되면은 알아보겠군요."

"그러면 어르신께서는 그중 한 분이라는 의미군요."

"다른 사람이 그리 부르더군요."

이런 분을 지척에 두고도 알아보지 못했다니.

이전 삶의 나 놈아, 반성해라.

"그리고 저는 이전에 빙정을 본 적이 있기에 쉽게 알아차린 것이기도 합니다."

"그러셨군요."

"그러니 안심하셔도 됩니다."

염씨 노장이 이렇게까지 말하니, 안심해도 될 듯했다.

보물은 손에 넣는 것보다 지키는 게 어렵다는 말이 헛말이 아니라는 것을 느끼고 있었다.

팔갑이 창을 담은 상자를 둘러메었고, 나는 공손하게 인사를 한 후 대장간을 나왔다.

나는 손으로 은무검의 검병을 쓰다듬었다.

이 검이 그 빙정으로 만들었다고?

사부님께서는 왜 그건 말씀해 주지 않으셨지?

그런데 내가 알기로 빙정은 아무나 구할 수 없었다.

빙정은 북해빙궁의 보물이기에, 북해빙궁의 허락이 있어야 비로소 구할 수 있다.

사부님도 이 은무검이 빙정으로 만들어졌다는 걸 알고 계실까?

귀한 빙정을 재료로 한 은무검은 대체 어떤 기묘한 능력을 가지고 있는 걸까?

.

.

.

그날 저녁.

나는 진호 형의 처소로 향했다.

이번에 소단주가 되면서 별당을 받았는데, 문곡당에서 그리 멀지 않은 곳에 있었다.

"형!"

내 부름에 하인과 하녀들에게 이것저것을 지시하던 진호 형이 고개를 돌렸다.

그리고 이내 활짝 웃었다.

"야! 이 녀석! 내가 별당을 받았다는 거 듣고 축하해 주려고 왔구나?"

"응, 맞아."

"하하하! 고맙다!"

"소단주가 된 거 축하해."

"이제 나도 소단주가 되었다 이 말이야! 각오해도 좋아! 나도 너처럼 활약해 줄 테니까."

"기대할게."

"그리고 고맙다."

"응? 갑자기 뭐가?"

"이번에 네가 나를 구해 주러 왔을 때 말이야."

"아……."

운남성에서 무출무산에 진호 형이 실종되었던 일을 말하는 것이다.

어찌어찌 무사히 나와서 집에 돌아올 수 있었지만, 그때 일은 나에게도 인상 깊게 남아 있었다.

그때의 일로 인해 내가 바꾼 미래에 대해 걱정하고 주저했던 마음을 버릴 수 있었으니까.

가끔씩 진호 형을 볼 때마다 잘린 형의 머리가 생각나는 건 어쩔 수 없지만.

그리고 은무검과 금령도 얻을 수 있었다.

금령은 지금 내 소맷자락 안에 들어가 있었다. 이제 완전히 내 소맷자락이 이 녀석의 집이 되어 버렸다.

"네가 나를 구해 준 덕분에 내가 이렇게 소단주가 될 수 있는 거니까. 그러니까 고맙다."

형의 고맙다는 말에 왠지 가슴이 간질거렸고, 팔에 닭살이 오소소 돋는 듯했다.

"그때 안개 숲 안에서 지치고 힘들고 배도 고프고 그렇게 의식이 가물거릴 때 이런저런 생각이 많이 났거든. 조부님과 부모님 생각도 나고 형님과 형수님 생각도 나고……."

"……."

"그런데 왠지 네가 가장 많이 생각나더라."

"……."

"네가 어릴 때, 내 손을 잡고 처음 형이라 부르던 그때가 아주 생생하게 기억이 나더라. 그때 다짐했다."
"……."
"열심히 무공을 익혀서 내 동생은, 너만은 반드시 지키겠다고."
 진호 형의 그 말에 내가 죽기 전 남궁강 상단주에게 들었던 말이 떠올랐다.

"호북의 운장이라 불리던 자가 자네만큼은 살려 달라고 어찌나 빌던지. 흐흐흐."

 평생 다른 자에게 절대 무릎을 꿇지도, 빌지도 않았던 진호 형이 왜 남궁강 상단주에게 그리했는지 궁금했었다.
 그 이유를 지금에야 알게 되었다.
 형은, 그 맹세를 잊지 않고 있던 거다.
 이런 내가 뭐라고…….
 후.
 이런 감상적인 건 역시 내 체질에 맞지 않았다.
 이미 닭살이 목까지 올라왔다고.
 왜 답지 않게 갑자기 감상에 젖어서…….
 나는 분위기를 바꿀 필요성을 느꼈다.
"그런데 형, 그거 알아?"
"뭘?"
"소단주가 되니까…… 휴가가 없더라."

"……뭐?"

진호 형은 말도 안 된다는 표정으로 물었다.

"진짜?"

"응?"

"여름에 휴가 주잖아?"

"그거, 챙겨 먹을 수 있을까?"

"젠장."

"정호 형이랑 나를 보면서 몰랐던 거야?"

"정호 형은 워낙 진지한 사람이고 너는 워낙 벌여 놓은 일이 많으니까 그러려니 했지."

윽, 뭔가 뼈 때리는 말이 섞여 있는데?

"괜찮아. 그렇게 일을 해도 안 죽더라고."

"……."

나는 피식 웃었다.

별채 마당에 있는 작은 평상을 가리키자 팔갑은 그 위에 창이 담긴 상자를 내려놓았다.

"형, 선물이야."

"선물?"

진호 형은 상자를 열어 보고는 깜짝 놀랐다.

"이, 이건 창이잖아? 그런데 왜 갑자기 창이야? 나는 검을 선택했는데?"

"아니."

나는 고개를 저었다.

"내가 볼 때 형이랑 가장 상성이 좋은 무기는 창이야.

형의 넓은 시야와 힘이라는 장점을 살릴 수 있으니까."

"……."

"내 말이 못 미더우면 딱 일 년만 창술을 수련해 봐. 내 안목을 좀 믿어 보라고."

내 말에 진호 형은 씩 웃었다.

"그래, 네가 그렇게까지 말한다면 알았다."

진호 형은 그리 말하며 창을 잡았다. 그러고는 마당으로 나가 창을 휘둘러보았다.

후웅-! 홍-!

창이 바람을 가르는 소리가 호쾌하게 들렸다.

내가 겪었던 지난 삶에서의 진호 형의 모습이 보이는 듯했다.

이번 삶에서는 형이 개죽음을 당하는 일은 절대 없을 거다.

진호 형은 움직임을 멈추고 창을 바라보다가 나에게 물었다.

"야…… 이 창 뭐냐?"

"왜?"

"이거 왜 내가 생각하는 대로 움직이냐?"

고수는 무기를 탓하지 않는다지만, 그래도 무기를 무시할 수는 없지.

왜 고수일수록 좋은 무기를 찾겠어?

나는 피식 웃으며 대답했다.

"응, 그거 겁나 비싼 거라서 그래."

* * *

이른 새벽.

은진호는 운기조식을 하고 자리에서 일어났다.

외총관 고일평에게 배운 양강의 심법이다.

그는 내심 은서호와 함께 수련했을 때가 그리웠다. 몸이 안 좋아지면서 함께 수련하지 못하게 되었으니까.

최근 들어 은서호는 상당히 건강해졌다.

'잘생겨지고 말이지.'

원래 체질에 맞는 빙공을 익힌 덕분이라고 하는데, 그가 볼 때 그것 말고도 뭔가 있는 듯했다.

'몰래 영약이라도 먹은 건가?'

아무래도 상관은 없었다.

어젯밤 은서호에게 말했듯이, 그를 지키겠다는 건 어릴 때부터의 맹세였으니까.

그는 외총관 고일평의 처소로 향했다.

매일 아침 그의 처소로 가서 무공을 수련하기 때문이다.

"제자 은진호, 외총관님을 뵙습니다."

"이제 도련님이라 부르는 건 오늘까지군요. 축하드립니다."

"감사합니다."

고일평은 은진호가 평소와 다르다는 것을 알아차렸다.

은진호는 손에 처음 보는 창을 들고 있었다.

"창…… 입니까?"

"네. 어제 서호가 선물로 주었습니다. 그리고 저에게는 창이 상성이 맞으니 딱 일 년만 수련해 보라고 하더군요."

은진호가 말을 이었다.

"어제 이 창을 써 보고, 왜 외총관께서 저에게 창을 추천해 주었는지 깨달았습니다."

"그렇다면 다행입니다. 지금부터라도 창을 수련하실 마음이 들었으니 말입니다."

"서호 말로는 이거 엄청 비싼 거라고 하더군요."

고일평은 창과 은진호를 번갈아 쳐다보았다.

은진호는 은서호가 말한, 비싸다는 의미를 제대로 이해하지 못한 듯했다.

'서호 소단주가 비싸다고 했다는 건 진짜 어마어마하게 비싸다는 건데…….'

아직 은진호가 은월각의 일원이 아니기에 잘 모르는 듯했다.

은서호의 개인 재산이 이미 상단 내에서 손가락에 꼽힐 정도라는 것을 말이다.

은서호가 자무인형과 작풍기, 그리고 자악금을 팔아 얻은 수익은 어마어마했다.

산술에는 약하지만, 그래도 상단의 외총관으로 지내다 보니 그 역시 이문에 대해 아주 모르지 않았다.

그리고 사람에 대해서도 어느 정도는 감을 잡을 수 있었다.

그가 본 은서호는 분명 보이는 수입 외에, 보이지 않는 수입도 만들어 낼 사람이다.

두각을 나타내기 시작한 지 불과 삼 년 만에 그런 성과를 거두었다.

앞으로가 더 무시무시할 거다.

그런 은서호가 비싸다고 했으니…….

'못해도 금자 백 냥은 줬겠군.'

은진호가 들고 있는 창은 딱 봐도 범상치 않았다.

그 창을 쓰고 '내게 창술에 재능이 있구나!'라고 느낀 건 무리가 아니다.

하지만 그와 별개로 은진호에게 창에 대한 재능이 있다는 건 사실이다.

이러니저러니 해도 고일평은 이런 식으로나마 은진호가 창술에 흥미를 느끼게 한 것이 고마웠다.

'그런데 이런 비싸고 좋은 창을 선물했다는 것은 서호 소단주도 진호 도련님의 창술에 대한 재능을 알고 있다는 의미인데…….'

그건 다음에 감사 인사를 할 때 슬쩍 떠보기로 했다.

* * *

사람들이 한둘씩 은해상단으로 모여들기 시작했다.

진호 형의 소단주 공표식 연회에 참석하기 위해서다.

그리고 참석하는 인원에는 외총관의 지인들도 상당수였다.

그 말은, 무기를 든 무림인들이 대거 참석했다는 것이다.

일반 사람들이 무림인들을 두려워하는 것은 어찌 보면 당연했다.

그래서 무림인들을 위한 자리가 따로 마련되었다.

진호 형은 멋진 예복을 차려입고 손님들을 맞이하느라 분주했다.

나는 그 모습을 보며 피식 웃었다.

오늘 나도 나름대로 바쁜 날이다. 왜냐하면, 오늘 이 즐거운 연회를 망치지 않도록 해야 했기 때문이다.

나는 누각 중 한 곳으로 다가갔다.

그곳에는 다른 이들과 섞여 연회를 즐기는 것을 달가워하지 않는 이들이 있었다.

유 총관이라든지, 석일송이라든지, 공밀과 공래라든지, 곽형진 등등 말이다.

그리고 그들 중에는 나를 따라 의창에서 온 만결의선도 있었다.

"연회는 재밌게 즐기고 계십니까, 어르신?"

"모처럼 연회다운 연회구나."

"저희 은해상단이 베풀 땐 확 베풉니다."

나는 피식 웃었다.

내가 만결의선을 은해상단에 모시고 온 이유가 있다.

만결의선이 술 한 잔을 마시더니 씨익 웃었다.

"일전에 내게 향을 만들어 달라 요청했던 것, 그리고 갈 때 가더라도 오늘 연회에 꼭 참석하고 떠나라고 했던 건 다 이유가 있겠지?"

역시 눈치가 빠른 어르신이다.

"그걸 이제야 아신 거라면 실망입니다."

"진즉에 알았다, 이놈아."

나는 다른 이들을 살핀 후 만결의선에게 정중하게 포권했다.

"좀 이따가 뵙겠습니다."

그러고는 다른 손님들을 향해 발걸음을 옮겼다.

나는 소매 속 금령을 툭 치며 말했다.

"먹을 거에 관심이 없는 것을 보니 역시 넌 보통 돼지는 아닌가 보구나."

"꾸잇!"

"그래그래, 넌 돈이 제일 좋은 특별한 영물이라고?"

"꾸꾸!"

나는 피식 웃었다. 그리고 내 뒤를 따르는 세 호위무사를 보았다.

오늘은 날이 날인 만큼 셋이 모두 나를 호위하고 있었다.

"이필 무사, 그리고 진유 무사."

"네."

"뭐 하나 부탁합시다."

내 부탁에 그들은 잠시 갸우뚱했지만, 이내 고개를 끄덕였다. 그러고는 내게서 주머니를 하나 받아 어디론가 향했다.

나는 오늘 연회에 온 손님들에게 인사를 하면서 얼굴을 비추었다.

그때 내 후각에 향기로운 냄새가 나면서 아까부터 내 신경을 거슬리게 했던 것이 가라앉기 시작했다.

절정에 들어서면서 사부님의 말씀대로 역겨운 기운은 조금 약하게 느껴졌다.

그래도 역겨운 건 역겨운 거다.

그런데 이 기운, 왠지 익숙한데?

사실, 이 향은 두 호위가 내 부탁을 충실하게 이행하고 있다는 증거이다.

곳곳에 향을 피워 달라고 했으니까.

그 향은 만결의선이 만들어 준 것으로, 오늘 아무 문제 없이 연회가 진행되도록 하기 위한 장치 중 하나다.

지난 삶에서 진호 형의 소단주 공표식인 오늘, 누군가가 연회에 참석한 한 무림인을 죽이기 위해 산공독을 썼다.

산공독이란 내공을 사용하지 못하게 하는 독.

그리고 다수의 살수를 동원하여 그 무림인을 공격했다.

그로 인해 다른 무사들도 이를 저지하지 못했고, 결국 연회장은 난장판이 되고 말았다.

깽판을 쳐도 다른 곳에서 좀 조용하게 칠 것이지, 왜 이곳에서 아무 관련도 없는 선량한 이들에게 피해를 주면서까지 깽판을 치려고 하지?

그것도 진호 형의 소가주 공표식에.

그건 내가 용납 못 한다.

그럼 애초에 그자를 이곳에 발을 들이지 못하게 할 수도 있지 않았냐고?

그게 안 된다.

왜냐하면, 그자는 이곳 숭양현에서 가장 큰 무가인 숭태(崇泰) 윤가(尹家)의 가주니까.

그가 은해상단의 연회에 오는 건 당연한 일이다.

만약 오지 않으면 우리 상단과의 관계에 혹시 문제가 있는 것이 아니냐는 소문이 돌 터였다.

내 이전 삶에서 살수들의 공격으로 숭태 윤가의 가주가 죽었다.

그건 숭양현에 별로 좋지 않은 영향을 주었다.

숭태 윤가의 가주를 죽인 건 숭양현의 패권을 차지하기 위해서 흑도가 손을 쓴 것이다.

그 말은 패권 경쟁이 본격화되었다는 의미이고, 그 와중에 우리 상단도 피해를 보았으니까.

더군다나 은해상단이 주최한 연회에서 그런 일이 있었으니······.

그러니까 오늘 숭태 윤가의 가주는 살아야 한다.

가장 좋은 방법은 흉수가 손을 쓰기 전에 막는 것이지

만, 그게 힘들었다.
 당시 숭태 윤가의 가주를 노린 흉수가 누군지 알아내지 못했기 때문이다.
 그러니 어쩔 수 없이 산공독을 무력하게 만드는 향을 피워 사방에 퍼트리는 방법이 최선인 것이다.

* * *

 연회가 이어지면서 점점 흥이 오르기 시작했다.
 그리고 무림인들이 모인 자리에는 은해상단의 외총관 고일평을 비롯하여 초대받은 무림인들이 대거 자리하고 있었다.
 평소 무림에 대해 논하는 것을 좋아하는 은진호를 위해 고일평이 그들을 초대한 것이다.
 그리고 이 자리에는 오는 것이 당연한 자들도 있다.
 그들 중 하나가 숭태 윤가의 가주 윤일이다.
 "이렇게 소단주가 되다니 축하하네!"
 "감사합니다."
 "어릴 때부터 봐 왔지만, 이렇게 헌칠한 대장부가 되다니!"
 "무공도 출중하다고 들었소."
 "이거 일검진천께서 자랑할 만하오!"
 "하하하. 내 제자가 좀 잘났기는 하오."
 "그런데 등에 메고 있는 창은 딱 봐도 범상치 않아 보이는데?"

은진호가 자랑스럽게 대답했다.

"제 동생이 선물한 것입니다. 그리고 무공을 익히는 자라면 한시라도 무기를 떼어 놓을 수 없는 것 아니겠습니까?"

"과연!"

"어떻게, 혼약을 맺은 처자라도 있는가? 없다면……."

"어허! 지금 누굴 넘보는가?"

"내 미리 점찍어 놓으려고 하오!"

"하하하하."

그렇게 웃음이 넘치는 연회였지만, 그 모습을 보며 비릿한 웃음을 짓는 누군가가 있었다.

'실컷 즐기길. 이것이 마지막 연회가 될 테니까.'

그는 숭양현에 자리 잡은 흑도문파 중 한 곳인 흑웅문의 문도이다.

흑웅문이 숭양현의 패권을 잡는 데 있어 숭태 윤가는 큰 방해 거리였다.

평소 철두철미하여 그를 제거하는 건 어려운 일이었는데 마침 기회가 생겼다.

바로 은해상단에서의 연회다.

앞서 열렸던 연회에서와 마찬가지로, 이번에도 긴장을 늦출 것이 분명했다.

하여 특별한 물건을 구했다.

바로 산공독이다.

'대체 문주님께서는 그걸 어떻게 구하신 건지 모르겠지만…….'

산공독은 내공을 사용하지 못하게 하는 독이니만큼 그걸 구하는 건 상당히 어려웠다.

구하는 것이 들킨다면 무림공적으로 몰릴 수도 있으니까.

게다가 만일에 대비하여 살수들도 고용해 두었다.

산공독과 살수.

이 조합이라면 아무리 숭태 윤가의 가주가 고수이고, 그 주변의 인물들 역시 고수라고 해도 거사를 성공할 수 있을 터.

무공을 쓰지 못하는 무림인은 반쪽짜리 무림인이니까.

둥둥둥둥-!

북소리가 들렸다.

미시(未時:13~15시)를 알리는 북소리다.

그것이 거사를 알리는 신호다.

"죽여라!"

그와 동시에 곳곳에서 위장하고 있던 살수들이 달려왔다.

그리고 목표로 한 숭태 윤가의 가주 윤일을 공격했다.

위장하고 있던 살수들은 모두 미리 산공독의 해약을 먹었기에 내공을 사용할 수 있었다.

그에 반해 다른 이들은 무공을 사용할 수 없을 터!

이를 알기에 그들의 몸놀림은 거침이 없었다.

그런데.

챙-!

채챙-!

서걱-!

그들이 예상하지 못했던 일이 벌어졌다.

내공을 사용하지 못한다고 생각했던 이들이 아무 문제 없이 내공을 일으켜 살수들을 저지하기 시작한 것이다.

게다가 살수들은 윤일에게 다가가기도 전에 상당수가 추포되었다.

대체 어찌 알았는지 살수들 가까이에 은풍대의 무사들이 자리 잡고 있던 탓이다.

고일평과 윤일을 비롯한 이들이 나서자 이 습격은 생각보다 간단하게 정리가 되었다.

그 상황에 흑웅문의 문도는 당혹스러웠다.

"이, 이럴 리가 없……."

실패다.

서둘러 도망가야 했다.

이를 흑웅문에 알리고 대책을 마련해야 했으니까.

하지만 갈 땐 가더라도 이대로 갈 순 없었다.

이 난전이라면 자신이 가지고 있는 무기가 제 몫을 할 수 있을 거라는 생각이 들었다.

그는 자신의 품에서 대롱을 꺼냈다.

독침을 불어 쏘는 무기다.

훅-!

그는 윤일을 향해 독침을 쏘았다.

"윤 가주!"

이를 발견한 이들이 경고했지만, 등을 돌리고 있던 탓에 윤일은 제때 대처하지 못했다.

"헉!"

그대로 독침에 당하나 싶었다.

하지만.

후웅-!

은진호가 몸을 날려 창을 휘둘렀다. 그 역시 독침이 쏘아진 것을 발견한 것이다.

은서호가 말한, 시야가 넓다는 장점을 발휘한 것.

그리고 청룡무도 그의 의도대로 움직여 주었다.

툭-!

독침은 창에 막혀 바닥에 떨어졌다.

실패했음을 확인한 흑웅문의 문도는 그대로 도주를 감행했다.

그런데 그의 앞을 누군가 막아섰다.

"당신이군요. 이 깽판을 벌인 범인이."

그자의 잘생긴 얼굴에 서늘한 미소가 피어났다.

* * *

나는 내 앞의 남자를 보았다.

산공독 속에 섞여 나를 역겹게 했던 그 기운의 일부분이 이자에게서 풍기고 있었다.

그 말인즉, 그가 산공독을 쓴 범인이라는 거다.

그리고 또 다른 것이 내 감각에 걸렸다.

"진유 무사님, 이필 무사님, 저자의 몸을 수색해 보세요."

내 말에 그들은 곧 그를 제압하여 몸을 수색했다.

하지만 아무리 뒤져도 별다른 수상한 것이 나오지 않았고, 그는 의기양양하게 외쳤다.

"왜 생사람을 잡고 이러는 것이오? 이 일은 내 정식으로 상단주에게 항의……."

"찾았습니다."

그때 진유 무사가 말했다.

진유 무사의 손에는 대롱과 빈 약봉지가 들려 있었다.

그 남자는 입을 벌리며 그 자리에 털썩 주저앉았다.

"그, 그걸 어떻게……."

"숨기는 곳이야 뻔합니다. 그런데 이건 보통 살수들이 사용하는 방법인데……."

역시 전직 살수다.

오늘 나는 진유 무사의 덕을 톡톡히 보았다.

살수는 살수를 알아본다고, 손님으로 위장했던 살수들을 보고 어디에 있는 누가 살수인지 알려 주었다.

그리고 그곳에 무사들을 배치한 덕에 피해를 줄일 수 있었다.

.

.

.

연회는 다시 이어졌고, 방금 있었던 일을 안주 삼아 사람들은 다시 연회를 즐기기 시작했다.

정호 형은 아버지를 대신하여 일을 수습하기 위해 분주하게 움직였다.

사망자도 없고 오히려 윤일 가주를 해하려는 자를 추포했으니, 수습할 기분이 나는지 표정이 좋아 보였다.

그리고 오늘 일에 대해 미리 언질을 준 덕에 어렵지 않게 일을 수습했다.

덕분에 사람들이 정호 형의 능력에 대해 칭찬하는 소리가 들렸다.

그리고 진호 형의 활약에 관한 이야기도 들리고 있었다.

나는 고개를 돌려 진호 형을 보았다.

윤일 가주는 진호 형에게 연신 감사 인사를 하고 있었다. 진호 형 덕분에 큰일을 면할 수 있었으니까.

사실 나도 그자가 독침을 쏠 것까지는 예상하지 못했다. 그 와중에 진호 형이 몸을 날려 그것을 막아 낸 것이다.

오늘 윤일 가주가 멀쩡할 수 있었던 건 넓은 시야와 빠른 판단력을 가진 진호 형의 능력과 내가 선물한 청룡무가 서로 잘 맞아떨어진 덕이다.

어제 미리 진호 형에게 창을 선물해서 다행이다.

・

・

・

진호 형을 위한 선물 〈253〉

나는 만결의선에게 향했다.

오늘 있던 일로 인해 부상을 당한 이들을 만결의선이 치료해 주고 있었기 때문이다.

"어르신, 치료는 다 끝나셨습니까?"

"이 환자가 마지막이다."

"그렇군요."

만결의선은 그 환자를 치료해 준 후 자리에서 일어났다. 그리고 나에게 말했다.

"뭔가 할 말이 있나 보구나."

나는 머쓱하게 웃었다.

"네 별당으로 가자."

"네."

우리는 내 별당의 평상에 앉았다.

날이 좋았으니까.

떠들썩한 음악과 노랫소리가 이곳까지 들려왔다.

"우선, 도와주신 점 감사드립니다. 사실 제가 기운을 느끼는 것이 좀 민감합니다."

"알고 있다."

"알고…… 계셨습니까?"

"네 체질이 그런 체질이니까. 그리고 네 내공 역시 그러하고."

"그럼 설명이 빠르겠군요."

나는 말을 이었다.

"저는 저번 형문파에서 느꼈던 것과 같은 기운을 오늘

다시 한번 느꼈습니다. 저번에 어르신께서는 형문파에 퍼진 돌림병이 누군가 인의로 만든 돌림병이고, 그게 사천당가 사람의 솜씨라고 하셨습니다."

"네 말은, 오늘 연회를 망칠 뻔했던 산공독이 사천당가 사람의 솜씨라고 말하고 싶은 것이냐?"

"……네. 그렇습니다."

"네놈의 추측이 맞다."

"그러면……."

만결의선이 한숨을 내쉬며 말했다.

"이 산공독 역시 사천당가의 솜씨다."

역시나 그랬다.

내 지난 삶에서 사천당가의 가주는 무림맹의 열렬한 지지 세력이었다.

가주의 막내아들 당조웅을 구해 주었기 때문이라고 하지만, 그래도 좀 과한 면이 있었다.

내가 아는 사천당가를 생각하면 뭔가 다른 이유가 있음이 분명했다.

내가 일전에 사천성에 갔을 때 당조웅을 구해 주었으니, 그 일로 무림맹의 지지 세력이 될 일은 없다고 봐야 했다.

그렇다면 내가 추측할 수 있는 건 무림맹에서 다른 방법으로 사천당가에 손을 쓰고 있다는 의미다.

사천당가가 무림맹을 지지하는 세력이 된다면, 나로서 상당히 골치가 아파진다.

그만큼 까다로운 곳이니까.

결국 이번에도 사천성에 가야 할 듯하다.

나는 만결의선에게 말했다.

"어르신, 저와 이번에 사천당가에 함께 가 주셨으면 합니다."

"그건 곤란하구나."

"네?"

예상 밖의 대답에 나는 당혹스러웠다.

사천당가는 솔직히 아무나 들어갈 수 있는 곳이 아니다.

그런 곳에 갈 기회가 생긴다면 만사를 제쳐 놓고 갈 법도 한데…….

어째서 가지 않으시겠다는 거지?

"제가 혹시 언짢게 해 드린 것이라도?"

"그건 아니다. 네놈과 이 상단의 대접은 훌륭하니까. 그냥 가고 싶지 않은 것이니 개의치 말거라."

"……."

이렇게까지 말하니 더 권할 수가 없었다.

이유를 알아야 설득을 할 텐데 일절 이유를 말해 주지 않으시니 말이다.

.
.
.

진호 형의 소단주 공표식이 끝난 며칠 후.

만결의선은 은해상단을 떠났다.
 단 한마디의 언질도 없이 그저 서신 하나만 남기고 떠나셨다.

[간다, 이놈아. 다시 만날 때까지 몸 성히 있어라.]

만결의선다운 서신이었다.
 그런데 조만간 만결의선을 다시 만나게 될 것 같은 예감이 드는 건 왜일까?

25장. 사천당가의 은인

사천당가의 은인

어느덧 십일월이 되면서 점차 겨울로 접어들고 있었다.

사천에 가는 것을 아버지에게 허락받고 집무실로 돌아왔을 때 뜻밖의 손님이 찾아왔다.

홍금소 부인의 남편인 서우 무사다.

"오랜만에 뵙습니다. 그런데 여긴 어쩐 일이십니까?"

내 물음에 서우 무사가 내 앞에 무릎을 꿇었다.

"왜 그러십니까? 이러지 마시고 일어나십시오!"

"저를 국주님의 호위대로 받아 주십시오."

"네?"

나는 고개를 갸웃했다.

"다시 대정표국으로 돌아가신 것 아니었습니까?"

나와 함께 운남에 갔다가 돌아온 후, 서우 무사는 대정표국으로 복귀하여 표행을 떠났다.

하여 함께 의창에 가지 못했고, 진호 형의 소단주 공표식 연회에도 오지 못했었다.

"그건 이행하지 못한 계약이 있었기 때문입니다. 그 계약을 다 이행했고, 정식으로 대정표국과의 계약 관계를 끝냈습니다."

서우 무사가 말을 이었다.

"그리고 이번에 의창에서 함께 온 진유라는 무사를 호위로 삼았다는 이야기를 들었습니다. 저 역시 국주님의 호위가 되고 싶습니다."

나는 그를 일으키려 했다.

"일어나세요. 천천히 이야기해 봅시다."

"호위대에 들어가는 것을 허락하시기 전에는 일어나지 않겠습니다."

"……."

나는 그 말에 서우 무사의 앞에 철퍼덕 앉았.

그런 내 모습에 그는 놀란 표정을 지었다.

"왜 그런 표정입니까? 이야기라는 건 서로 눈을 마주하고 해야 하는 겁니다. 그래서 이리 앉은 겁니다."

"바닥이 찹니다."

"서 무사님이 의자에 앉지 않으시니, 어쩔 수 없죠."

"……."

내 말에 서우 무사는 한숨을 내쉬며 말했다.

"의자에 앉겠습니다. 그러니 국주님도 의자에 앉으십시오."

진작 그럴 것이지.

나는 자리에서 일어나 다탁 앞에 앉았고, 서우 무사 역시 자리에서 일어나 내 앞에 앉았다.

"서우 무사님께서 제 호위가 되고 싶으신 이유가 저에게 은혜를 갚기 위해서입니까?"

내 단도직입적인 물음에 그가 대답했다.

"네, 그렇습니다."

"그렇다면 안 그러셔도 됩니다. 이미 제 둘째 형을 구하러 운남에 함께 가 주셨던 것만으로 그 은혜는 다 갚으셨습니다. 무척이나 도움이 되었으니까요."

"그것으로 은혜를 갚았다는 말로 저를 염치없는 사람으로 만들지 말아 주십시오."

그는 말을 이었다.

"국주님께서 제게 베푸신 건 목숨뿐만이 아닙니다. 제 삶과 영혼까지 구해 주셨습니다. 그대로 눈을 감았다면 부인에게 미안해서 제 혼은 구천을 떠돌았을 테니까요."

나는 그저 나를 도와준 홍금소 부인과, 또 내 목숨을 구해 준 서우 무사에게 은혜를 갚았을 뿐이다.

그런데 그 일련의 행동들이 서우 무사에게는 더 깊게 새겨졌었나 보다.

"국주님께서 주신 목숨과 삶, 그리고 제 영혼을 앞으로 국주님을 위해서 사용하고 싶습니다. 그러니 저를 호위대로 받아 주십시오."

"……"

나는 서우 무사를 보며 고민했다.

그는 분명 괜찮은 인재다.

뛰어난 무공 실력으로 '백접검'이라는 명호를 얻은 인물이니까.

게다가 운남 지역 근처를 담당하던 표두다.

전에 진호 형이 실종되었을 때 서우 무사의 진가를 알 수 있었다.

서우 무사가 대정표국과의 계약을 끝냈다는 소문이 돌기 시작하면, 거액의 계약금을 제시하며 계약하자고 할 표국이 한두 군데가 아니었다.

사부님이 속한 창인표국에서도 군침을 흘리고 있고.

그런 이익을 포기하고 내 개인 호위대의 일원이 되겠다는 것이다.

"저…… 혹시 제 봉급 때문이시면 무급으로 일하겠습니다. 국주님 옆에서 국주님을 지킬 수 있게만 해 주십시오."

"무급으로 일하겠다니요! 그건 절대 안 됩니다."

이런 인재를 무급으로 부려 먹는다니!

그건 양심이 시커먼 자들이나 하는 짓이다.

"제가 망설이는 건, 서우 무사님을 원하는 다른 분들도 계시지 않나 해서 말입니다."

"아 그건……."

서우 무사가 멋쩍게 웃었다.

"말씀하신 대로 어제저녁에 창인표국의 국주님께서 찾

아오셔서 거액의 계약금을 제시하셨었습니다."

역시 인재를 영입하시는 데 빠르시구나.

벌써 찾아가셨었네.

"하지만 거절했습니다. 국주님의 호위가 되겠다는 말에 납득하시더군요."

나는 서우 무사가 창인표국 국주의 제안을 거절했다는 말보다 표국주가 납득했다는 말이 더 의아했다.

"납득하셨다고요?"

"네. 이미 마음이 다른 곳에 있는데 억지로 붙잡아 봤자 뭣하냐고 하시더군요."

"……."

서우 무사는 이미 마음을 굳게 먹은 듯했다. 창인표국 주가 납득하고 물러날 정도니 말이다.

"알겠습니다."

"네?"

"서우 무사님 같은 분께서 제 호위대에 들어오시겠다니, 저야말로 감사한 일입니다."

서우 무사가 환한 얼굴로 자리에서 일어나 포권했다.

"제 청을 들어주셔서 감사드립니다."

"앞으로 잘 부탁드립니다."

내 휘하의 호위대에 일원을 받아들이기 위해서는 우선 아버지의 허락이 필요했다.

나는 즉시 아버지에게 허락을 구했는데, 내 예상대로 아버지는 진유 무사 때와 달리 흔쾌히 허락하셨다.

보름 동안 은풍대에서 훈련을 받아야 하는 건 마찬가지였지만.

사천에 가는 건 내 생일이 지난 후니까, 서우 무사도 함께 갈 수 있겠네.

.
.
.

보름이 지났다.

생일이 지났고, 나는 열여덟 살이 되었다.

기분은 그냥 평소와 같았다. 나에게는 두 번째 열여덟 살이니까.

나이를 한 살 더 먹은 것보다, 이 시기에 무슨 일이 있었는지 떠올리는 것이 더 중요했다.

그게 은해상단의 성장을 도울 테니까.

현재 무림맹의 후원을 받는 백천상단은 저 위에 있었다.

천하 백대 상단 중 세 번째.

그 말은 어딜 가도 백천상단을 볼 수 있지만, 백천상단의 운영을 맡은 이들은 쉽게 볼 수 없다는 의미다.

문득 전에 사천에 갔을 때의 일이 떠올랐다.

그때 황실에서는 막 소금 유통법을 준비 중이었고, 그때 진우림 상단주를 구해 준 인연을 통해 은해상단은 호북성의 소금 소매상이 되었다.

하지만 백천상단은 소금 소매상에 들어가지 않았는데, 그건 진 상단주가 의도적으로 배제했기 때문이다.

아마도 진 상단주가 백천상단의 본질을 꿰뚫어 봤기 때문일 거다.

하니 그들에게 진 상단주는 눈엣가시겠지.

문득 그런 생각이 들었다.

무림맹이나 백천상단에서 동씨상단을 부추겨, 진 상단주를 해하려 한 것이 아닌가 하고 말이다.

황제가 친히 심문했을 땐 그런 말은 없었지만.

분명 티 나게 부추기진 않았겠지.

현재 세간이 인식하고 있는 백천상단은 바위 같은 상단이다.

무슨 일이 있어도 우직하게 상계의 길을 걸어가는 그런 상단이랄까?

하지만 그건 일부러 그런 인상을 만든 거다.

뒤로는 온갖 술수를 부렸고, 심지어 무력까지 사용했으니까.

이제 슬슬 우리 은해상단이 그 자리를 위협하기 시작하면 행동을 시작할 거다.

그러니 이를 방어하기 위해서라도 은해상단의 아군을 많이 만들어 놔야 했다.

지금까지 만들어 놓은 아군만 해도 충분하지 않으냐는 사람도 있겠지만, 아니다.

아직 부족하다.

.

.

.

내 생일을 맞이하고 이틀 후.

나와 일행은 사천으로 향했다.

내가 사천에 가는 표면적인 이유는 사천에서 판매하는 작풍기에 대한 감찰이었다.

그리고 사천에 가는 김에 들러야 할 곳도 있다.

숙부님이 계신 사천지부다.

겸사겸사 사천으로 가는 상행단도 나와 함께 움직이기로 했다.

함께 움직이면 그만큼 경비가 덜 드니 당연히 함께 움직여야지.

전에 내가 사천에 갔을 때는 쥐새끼를 잡기 위해서 따로 움직였다.

하지만 이번에는 그럴 필요가 없었으니 나도 길을 빙 돌아서 가기로 했다.

배를 타고 장강을 거슬러 올라가면 편했지만 그건 딱 중경까지다.

그다음부터는 급류에 휘말릴 수 있어 오히려 위험했다.

그리고 중경에서 배에서 내려 육로로 가려고 해도 난관이다.

사천으로 들어가는 길이 무척 험하여, 수레가 오가기도 곤란했으니까.

그러니 차라리 빙 돌아가는 것이 몸도 편하고 마음도 편하다.

경로가 정해졌다.

의창으로 가서, 무당산 산자락으로 섬서성을 통과하여 사천으로 들어가기로 했다.

내 일행은 팔갑과 네 명의 호위, 그리고 여창의 부관까지 총 일곱이다.

사천으로 간다는 내 말에, 여 부관이 아무 말 없이 출장 준비를 하는 것을 보면 이제 내 기행에 적응한 것 같았다.

.
.
.

"이 녀석! 오늘이야말로 네 녀석에게 버릇이라는 것을 가르치고 말 거다!"

"꾸잇! 꾸!"

"허엇! 비겁하게 뒷발 차기냐?"

"끗!"

오늘도 팔갑은 금령에게 처참하게 깨지고 있었다.

음, 서열 싸움인가?

그런데 왜 사람이 영물과 서열 싸움을 하는 건데······?

은해상단에서 출발한 지 닷새가 넘어가고 있었지만, 아직 저들의 서열 싸움은 끝이 나지 않고 있었다.

사실 이 싸움의 시작은 매번 금령이 팔갑을 건드리곤 했기 때문이다.

지난 어느 날, 팔갑이 요상한 잠꼬대를 하길래, 내가

금령에게 깨우라고 했을 때 뭔가 재미가 붙었나 보다.

이렇게 보면…… 내 탓도 있나?

아니야. 그것보다 길길이 날뛰며 반응하는 팔갑이 재밌어서 저러는 거겠지.

흠흠.

그런데 금령과 팔갑이 티격태격할수록 팔갑의 몸놀림이 묘하게 빨라지는 것 같단 말이지.

"이제 곧 무당산 초입에 들어서겠군요."

서우의 말에 나는 고개를 끄덕였다.

"그렇겠네요."

무당산이라고 하니, 자연스레 무당파가 떠올랐다.

무당파의 무공은 부드러움으로 강함을 제압하는 것이다.

주로 쓰는 건 검.

하여 무당검파라고도 불린다.

하지만 가장 유명한 게 검일 뿐, 다른 무공들도 엄청나다.

특히 구름을 사다리 삼아 걷는 듯하다는 신법인 제운종 그 자체만으로 무림의 구파 중에서도 순위를 다툴 정도였다.

그런 무당파가 봉문을 선언했던 것이 떠올랐다.

내가 죽기 전, 그러니까 내 나이 서른다섯 살 때의 일이었다.

그리고 무림에 무슨 일이 생겨도 일절 문밖으로 나오지 않았다.

대체 무당파에 무슨 일이 있었기에 봉문을 한 것일까?

당시에도 그 연유는 몰랐고, 지금으로서도 아직 알 수 있는 시기가 아니다.

그건 아직은 먼 미래였으니까.

무림맹 때문인 듯한데 이쯤 되니 나는 문득 무림맹, 아니, 무림맹주의 의도가 궁금해졌다.

대체 무엇을 위해서 무림의 문파와 세가들을 자신의 지지자로 포섭 혹은 제거하는 것인지 말이다.

그때 내 기감에 뭔가가 잡혔다.

누가 이곳으로 다가오는 것 같은데?

그 기척을 알아차렸는지 진유 무사와 서우 무사가 손에 검을 들고 나에게 다가왔다.

그리고 창인표국에서 온 홍임 표두가 손을 들었다.

그걸 본 이들은 모두 일사불란하게 움직였다. 무사들은 무기를 들었고, 쟁자수들은 표물 근처로 이동했다.

곧 한 무리의 이들이 모습을 드러냈다.

"안녕들 하시오? 하하하!"

나름 호방하게 웃는 그는, 딱 봐도 녹림이었다.

"저는 이곳 녹아산의 난발광검(亂髮狂劍) 채주님의 수하 흑두겸(黑頭鎌)이오. 채주님께서는 저와 여러분이 초면이니 인사드리라고 하여 이렇게 왔소이다."

이제 조금만 더 가면 무당파의 영역이다.

그 말인즉, 녹림들이 영업할 수 없는 곳이라는 의미다.

하여 곧 녹림들이 오겠거니 했는데, 진짜 왔네.

사천당가의 은인 〈271〉

그런데 내 귀에 거슬리는 이름이 있었다.

흑두겸?

그러고 보니 이전 삶에서 내가 열여덟 살이 된 지 얼마 되지 않았을 때 무당산을 넘어가려는 이들을 뜯어먹던 놈이 있었다.

서로 붙어 봤자 손해였기에 표국과 산채는 웬만하면 통행료를 주고받으며 원만하게 일을 해결한다.

그걸 알기에 흑두겸은 그렇게 녹림의 이름을 팔아먹으며 통행료를 뜯은 거다.

그로 인해 제법 많은 표국과 상단이 손해를 봤다.

진짜 난발광검 채주가 보낸 이들과 실랑이가 벌어지면서 피가 튀는 일도 있었다.

흑두겸은 적당히 하고 떠야 했다.

너무 꼬리가 길었다.

자신들이 받아야 하는 통행료를 번번이 가로채는 흑두겸과 그 일행을 난발광검이 가만둘 리가 없었다.

결국, 난발광검은 함정을 팠고 흑두겸은 걸려들었다.

그 최후는 비참했다.

들리는 말에 의하면 흑두겸과 그 휘하 수하들의 사지근맥을 잘라서 광산에 노예로 팔아 버렸다던데…….

그런 미래를 알고 있으니 그냥 속아 넘어가 줄 수도 있었다.

하지만 난발광검에게 당하는 시점까지 다른 표국과 상단들이 볼 손해를 생각하니, 그만 꼬리를 잘라 버리는 것도 나쁘지 않을 듯했다.

"아, 그러십니까? 언제 오시나 했습니다."

"제가 숫기가 없어서 많이 늦었습니다."

"여기 통행료입니다."

홍임 표두가 품에서 돈주머니를 꺼내어 내밀었다.

휙.

하지만 내가 낚아채 버렸다.

"……?"

홍임 표두와 흑두겸이 의아한 얼굴로 나를 보았다.

나는 고개를 저으며 말했다.

"그건 아직 드릴 때가 아닙니다."

"네?"

"제가 말씀드린다는 것을 잊었습니다. 사실 저희 상단에서는 이번에 난발광검 채주님을 만나서 이야기를 나누어야 할 일이 있습니다."

홍임 표두는 전혀 알지 못한다는 표정이었다.

당연히 금시초문이겠지.

방금 내 말은 그저 둘러댄 말이었으니까.

나는 흑두겸에게 말했다.

"그래서 말인데, 채주님께 안내해 주십시오."

내 말에 흑두겸은 당혹스러워했다.

당연했다.

난발광검과 아무 관계가 없는 자이니까.

"왜 그러십니까?"

사천당가의 은인 〈273〉

"험험, 그게 그러니까…… 지금 채주님께서는 출타 중이셔서."

"그럼 산채로 가서 기다리지요."

"저희 산채는 공간이 협소해서 이렇게 많은 이들이 머무는 건 좀 힘들 듯합니다."

녹아산 산채가 협소해?

말 같지도 않은 소리를 하네.

내가 그곳에 가 봤기에 안다.

우리 일행의 두 배가 되는 인원이 가도 결코 좁지 않다. 그리고 내가 알기로, 홍임 표두도 그 사실을 알고 있을 터.

내 생각대로 뭔가 이상하다는 것을 느낀 그는 뒤로 한 걸음 물러났다.

나는 흑두겸에게 말했다.

"제가 일전에 녹아산 산채에 가 본 적이 있어 알고 있습니다. 녹아산 산채는 제법 넓은 공터에 자리 잡고 있죠. 그런데 그곳이 좁다며 우리의 출입을 막는 것은……."

나는 말을 이었다.

"어찌 받아들여야 합니까?"

"그건……."

"이거 손님맞이가 어째 시원찮습니다?"

그는 당황한 얼굴로 말을 얼버무리려 했다.

"사, 사실 요즘 저희 산채가 사정이 별로 좋지 않아서 그렇습니다."

"사정이 어떻게 좋지 않은 겁니까?"

"그건 말씀드릴 수 없습니다."

"이거, 우리가 난발광검 채주님과 알고 지낸 세월이 몇 년인데…… 섭섭하네요. 그걸 알아야 우리도 대책을 세울 것 아닙니까?"

그때 홍임 표두가 말을 이었다.

"국주님의 말대로, 저희 창인표국은 그동안 난발광검 채주님과 우호를 다져 왔습니다. 그런데 이렇게 매몰차게 인연을 저버리려 하시다니, 섭섭하군요."

그리고 홍임 표두는 슬쩍 내 어깨 너머를 보았다.

항상 내 옆에 있던 무사들 중 두 명이 보이지 않는다는 것을 알아차린 거다.

즉시 내 의도를 눈치채고 시간을 끌고 있었다.

"그러지 말고 자자, 이쪽으로 오셔서 목이라도 축이십시오. 생각해 보니 초면에 술이라도 한잔 대접해야 했는데 말이오."

술과 안주가 놓였고, 흑두검을 비롯한 일행은 자연스럽게 그 앞에 앉았다.

사실, 표행 도중에 금하는 것 중 하나가 바로 술이다.

술로 인해 경계가 흐트러졌을 때를 적들은 기가 막히게 노리니까.

하지만 간혹 술이 필요할 때가 있다.

부상자의 고통을 줄여 줄 수 있다는 것이 가장 큰 이유이다.

그렇기에 항상 술을 구비해 놓았고, 지금 꺼낸 술이 바로 그 술이다.

당연히 용도가 용도인 만큼, 아주 독한 화주(火酒)다.

홍임 표두가 술병의 뚜껑을 열었다.

뽕!

그와 동시에 풍기는 주향에 흑두겸의 목울대가 크게 움직였다.

산적질 하는 놈들치고 술은 참기 힘들지.

"드시지요."

"그럼 한 잔 받겠소이다. 하하하."

결국, 넘어갔다.

나는 홍임 표두를 보며 피식 웃었고, 그도 고개를 끄덕였다.

그렇게 반 시진 정도 지났을까?

내 기감에 서우 무사와 진유 무사가 다가오는 것이 느껴졌다.

그리고 그 뒤를 따르는 이들의 기척도 느껴졌다.

드디어 왔구나.

아까 흑두겸이라고 자신을 소개한 놈에 대해 알아차렸을 때, 얼른 그들을 녹아산 산채에 보냈었다.

곧 정리되지 않은 헝클어진 머리카락의 남자가 한 무리를 이끌고 모습을 드러냈다.

"그래, 우리 산채의 식구라고 사칭하는 놈은 어디에 있지?"

난발광검 채주다.

그의 눈이 광기로 번들거렸다.

나는 손으로 흑두겸을 가리켰고, 난발광검을 본 홍임 표두는 자리에서 일어나 포권했다.

그러고는 말했다.

"잡아 두느라 힘들었습니다."

술을 마시던 흑두겸과 일행들은 갑자기 벌어진 일에 무척 당황했다.

"이자들이 그동안 내 이름을 팔아서 통행료를 가로채던 놈들이라는 건가?"

나는 어깨를 으쓱했다.

"그건 저도 잘 모릅니다. 저는 그저, 이들이 채주님이 보낸 자들인지 확인하기 위해 사람을 보냈을 뿐이니까요."

나는 공을 그에게 넘겼다.

"판단은 채주님의 몫입니다."

그나저나 방금 그랬지?

'그동안 내 이름을 팔았다'라고.

그 말인즉, 흑두겸의 이런 사기 행각을 채주도 이미 알아차리고 있었다는 것이다.

난발광검으로서는 제법 많이 열 받았겠지.

그러니까 반 시진도 안 되어서 이곳까지 튀어 온 거다.

내 말에 난발광검이 씨익 웃었다.

"그쪽에게 물어본 것이 아니다. 어이가 없어서 혼잣말

을 했을 뿐이지."

그리고 자신의 뒤에 있던 수하들에게 말했다.

"애들아, 끌고 가자."

"넵!"

상황은 순식간에 종결되었다.

애초에 독주를 마셔 정신이 몽롱한 상태인데 제대로 대응할 수 있을 리가 없지.

그들은 난발광검의 수하들에 의해 만신창이가 되어 포박되었다.

어찌나 꽁꽁 묶었는지 마치 누에고치를 보는 듯했다.

그걸 싸늘한 눈으로 보던 난발광검이 고개를 돌려 우리를 보았다.

"여기 홍 표두는 구면인데, 이쪽은 누구인가?"

그 물음에 나는 포권하여 말했다.

"은해상단의 소단주이자 현풍국의 국주 은서호라고 합니다."

"녹아산 채주 난발광검이네."

"위명을 들어 알고 있습니다."

"머리 풀어헤친 미친놈이라고?"

나는 피식 웃으며 말했다.

"잘 아시는군요."

내 대답에 다른 이들이 당혹스러운 표정을 지었다. 하지만, 나는 알고 있다.

난발광검은 미친놈이라서, 난발광검이라는 명호를 아

주 자랑스러워한다.

내 말에 그는 파안대소했다. 내 예상대로 좋아했다.

"이거 보통이 아니군."

"채주님만큼은 아닙니다."

그때 홍임 표두가 주머니를 내밀었다.

"여기, 통행료입니다."

난발광검은 그 주머니를 받더니, 그 안에서 반을 꺼내어 옆의 수하에게 주었다.

그리고 나머지 반이 남은 돈주머니를 홍임 표두에게 던졌다.

탁-!

홍임 표두가 주머니를 받자, 그가 말했다.

"그건 사례비네."

"네?"

"덕분에 저 새끼들을 잡았으니까. 그 은혜를 그냥 넘기긴 찝찝해서 말이지."

"감사히 받겠습니다."

"그럼 다음에 또 보도록 하지."

그렇게 난발광검과 수하들은 흑두겸 일행을 데리고 우리가 머무는 곳을 떠났다.

그 모습을 보며 팔갑이 말했다.

"그래도 좋은 채주입니다요. 사례비라고 반이나 떼어주고 말입니다요."

그에 대해 대답하려고 할 때 먼저 대답한 자가 있었다.

사천당가의 은인 〈279〉

서우 무사다.

"저게 보통이네."

"네? 모든 채주가 저렇다는 겁니까?"

"모두는 아니지. 하지만 목숨이 아까우면 뭐……."

서우 무사가 이어서 설명했다.

"사실 산채와 표국과의 관계는 주고받는 것이 확실해야 하는 거래 관계니까."

산채에서는 다른 놈들을 '단속'하고 '정리'하여 오가는 이들의 편의를 제공한다.

이에 대해 오가는 이들은 '통행료'를 납부하는 것이다.

그런데 우리가 저들이 '단속'하고 '정리'해야 할 놈들을 알려 주어 저들을 잡는 수고를 덜었으니 그에 대해 '대가'를 주는 것이다.

계산이 확실하지 않으면 불만이 쌓이게 되고 결국 싸움이 나는데, 그건 서로에게 손해다.

녹림들의 손해가 더 큰 것이 아니냐는데, 표국도 만만찮게 손해다.

표행이 지연되면 의뢰한 자들에게 배상을 해 줘야 하니 말이다.

팔갑이 고개를 끄덕였다.

"그런 것이군요."

역시 전직 표두라서 그런지, 서우 무사는 그런 관계에 대해 잘 알고 있었다.

"그나저나 그 흑두겁이라는 자와 수하들은 어떻게 될

까요?"

그 물음에 내가 대답했다.

"좋은 꼴을 보지는 못하겠지."

자업자득이니 측은해할 필요는 없다.

그런데 궁금하긴 하네.

이전의 삶처럼 사지 근맥을 절단해서 광산에 노예로 팔아먹으려나?

아니면 그냥 죽이려나?

이번 삶에서 흑두겸은 이전 삶에서보다 몇 달이나 빨리 잡혔다.

이게 앞으로의 일에 영향을 주긴 할 거다.

하지만 그래도 나는 흑두겸을 좌시할 순 없었다.

그는 명백하게, 상계를 어지럽히는 놈이었으니까.

.

.

.

다음 날 아침.

우리는 다시 길을 떠났고, 곧 무당파의 구역에 접어들 수 있었다.

홍임 표두가 모두에게 일렀다.

"여기부터는 해검지입니다. 모두 무기를 짐 안에 넣도록 하십시오!"

"네!"

무당파의 산문을 지날 때는 무당파에 속한 자를 제외하

고 그 누구든지 검을 풀어 짐 안에 넣어야 했다.

 그건 무당파를 세운 장삼봉을 기리기 위한 것이라고 하는데, 검을 풀지 않은 자는 무당파의 고수들에게 크게 혼이 나고 출입을 금지당한다.

 이곳에서 무장을 해제해야 한다는 건, 다르게 말하면 이곳에서는 무기가 없어도 안전하다는 의미다.

 분주하게 무기를 풀어 말에 싣는 모습을 보며 팔갑이 물었다.

 "그런데 말입니다요, 만약 짐도 없고 말도 없으면 무장 해제를 어떻게 합니까요?"

 이에 서우 무사가 대답했다.

 "그럴 땐 무기를 거꾸로 차면 되네. 그러면 해검한 것으로 간주하니까."

 "그렇군요!"

 우리는 해검지를 지나갔다.

 점차 사천 땅이 가까워지고 있었다.

* * *

 사천당가의 가주 당규정은 자신의 수하에게 뜻밖의 소식을 들었다.

 "뭐? 은해상단의 은서호 소단주가 지금 사천에 와 있다고?"

 "네, 그렇습니다."

약 이 년 전, 당규정의 막둥이 아들인 당조웅이 납치될 뻔한 적이 있었다.

협박을 받은 유모가 당조웅을 데리고 밖으로 나갔고, 당조웅의 호위들은 납치범들이 일부러 만들어 놓은 함정으로 인해 유모와 당조웅의 뒤를 놓쳤다.

추종향이 묻어 있기에, 어디에 있든 찾을 수 있다고 생각했다.

하지만 은서호가 당조웅을 데리고 사천당가에 왔을 때 그게 얼마나 안일한 생각이었는지 알 수 있었다.

유모와 당조웅의 추종향이 흔적도 없이 사라진 상태였기 때문이다.

그러니까 은서호가 당조웅을 구해 주지 않았다면, 당규정은 자신의 막내아들을 영영 잃을 뻔했다는 거다.

다시 생각해도 아찔했다.

당규정은 은서호가 직접 잡아 온 형인문도들을 족쳤고, 당조웅을 인질로 삼아 뭔가를 요구할 생각이었음을 알게 되었다.

하지만 무슨 방법을 써도 추종향을 지운 방법에 대해서는 실토하지 않았다.

그건 큰 문제였다.

어디선가 추종향에 대한 정보가 새어 나갔다는 의미니까.

이 사건으로 인해 은서호는 당규정 본인뿐만 아니라 사천당가의 은인이 되었다.

그것도 큰 은인이었다.

독과 암기를 주로 사용하여 비겁하다는 말을 듣는 사천당가다.

그들이 무림의 명가가 될 수 있던 건 은혜는 반드시 두 배로 갚는다는 원칙 때문이다.

물론 원수도 반드시 그 배로 갚아 주지만.

하여 은인에게 은혜를 갚는 건 사천당가의 명예와 자존심이 걸린 일이다.

그렇기에 몇 번이나 사람을 보내 은서호를 사천당가로 데리고 오려고 했다.

그러나 번번이 뜻을 이루지 못하여 애가 타던 도중, 은서호가 서신을 보냈다.

정중하기가 그지없는 문장으로 그 의미는 사천당가의 정성을 봐서라도 언젠가 때가 되면 방문할 터이니 너무 애쓰지 말라는 그런 내용이었다.

그래서 기다리고, 기다렸다.

그리고, 드디어 때가 온 것이다.

당규정이 자리에서 일어났다.

"사천에 온 이상 은혜를 갚지 못하고 돌아가게 할 순 없다. 내가 직접 찾아가겠다."

"알겠습니다."

"조웅이는 지금 뭘 하고 있느냐?"

"도련님께서는 무공을 수련 중이십니다."

"녀석이 이 소식을 들으면 기뻐하겠구나."

* * *

사천에 도착한 나는 우선 숙부님이 계신 사천지부로 향했다.
"오랜만에 보는구나!"
"그간 잘 지내셨습니까?"
"나야 잘 지내고 있지. 못 본 사이에 더 훤칠해지고 미모에 물이 올랐구나. 사천 땅의 여자들이 줄지어서 찾아오겠어."
"하하하. 과찬이십니다."
나는 숙모와 두 사촌 형, 그리고 사촌 동생 려옥이와도 인사를 나누었다.
"향옥 누님은 아미파에 가 계신 모양입니다."
"그래, 요즘 새로운 깨달음을 앞두고 있다면서 수련에 매진 중이라더구나."
"그렇군요."
이전에 사천지부의 영포 행수가 단씨상단주에게 매수당했던 일이 계기가 된 모양이다.
사천지부의 이들은 뭔가 더 단단해진 느낌이었다.
"저는 내일부터 을진상단에 다녀와야 할 듯합니다."
"작풍기 때문이구나."
"그렇습니다."
"그런데 말이다."

"……?"

숙부님께서는 알 듯 말 듯한 표정을 지으셨다.

"과연 내일 네가 을진상단에 갈 수 있을까?"

"네?"

"사천당가는 네 생각보다 집요하고 또 철두철미한 곳이니 말이다."

그때 사천지부의 문 앞을 지키던 문지기가 다급하게 달려왔다.

그러고는 부복하며 외쳤다.

"지부장님! 지금 사천당가의 가주님께서 오셨습니다!"

뭐? 가주가 직접 왔다고?

내가 숙부님을 바라보자, 숙부님이 피식 웃으며 말했다.

"내 말이 맞지?"

할 말이 없었다.

나는 기껏해야 다시 사람을 불러서 초청할 줄 알았지, 이렇게 가주가 직접 올 거라고는 생각하지도 못했으니까.

어쩔 수 없이 접빈실로 향했다.

그곳에는 한 중년의 남자가 앉아 차를 마시고 있었다. 그에게서 느껴지는 기세는 가히 압도적이었다.

상대가 상대인지라, 숙부님과 나는 그에게 공손히 포권했다.

"처음 뵙겠습니다. 은해상단 사천지부의 지부장 은명상

입니다. 이 사천지부에 방문하여 주심에 감사드립니다."

"처음 뵙겠습니다. 은해상단 소단주이자 현풍국주 은서호입니다."

그 중년의 사내가 일어나 말했다.

"사천당가의 가주 당규정이네."

.

.

.

다음 날.

나는 사천당가로 향했다.

원래 사천성 소금 소매상을 담당한 곳으로 가서 감찰을 먼저 진행하려고 했다.

하지만 사천당가주의 미칠 듯한 추진력에 결국 사천당가에 먼저 가는 것으로 이야기가 진행된 것이다.

마차에 탄 나는 내 앞에 앉아 있는 사천당가주를 보았다.

솔직히 많이 부담스럽고 불편했다.

다른 사람도 아니고 가주와 함께 마차를 타고 이동하는 것이었으니까.

나는 사천당가주와 초면이다.

이전 삶에서도 그렇고 이번 삶에서도 본 적이 없다.

그런데 왜 어디선가 본 것 같다는 생각이 드는 걸까?

그렇게 하루를 꼬박 이동한 우리는 곧 붉은색 지붕에,

거대한 규모의 건물을 마주했다.
 커다란 현판에는 호쾌한 기세로 적어 내린 붉은 글자가 보였다.
 사천지당본가(四川之唐本家).
 그러니까 이곳이 바로 사천당가이다.
 이렇게 여기에 또 오게 되는구나.
 전에 당조웅을 구해 주었을 때 직접 이곳에 데려다주었으니까.
 우리가 탄 마차는 정문 옆의 문을 통해 안으로 들어갔다.
 "다 왔네."
 "네."
 우리는 마차에서 내렸다.
 "대협!"
 그때 한 소년이 나에게 달려왔다.
 그를 본 나는 빙그레 웃었다.
 당조웅이다.
 성장기의 소년답게 그때에 비해 훨씬 키도 크고, 몸도 다부진 모습이었다.
 "오래만이다. 잘 지냈니?"
 "네, 대협."
 "아직 대협이라는 말을 들을 때는 안 되었는데."
 "아닙니다. 저에게는 대협이십니다."
 그리 말하는 당조웅의 두 눈동자는 반짝였다.
 "지금이 몇 살이지?"

"이제 열한 살이 되었습니다."

"그렇구나."

녀석의 키는 내 가슴까지 와 있었다. 이러다가 성년이 되면 나보다 더 커질 것 같았다.

"허허허, 이 녀석이 은 소협을 다시 만날 날을 무척이나 고대했었네."

"이거 왠지 미안해집니다."

"시기가 안 좋았을 뿐이네. 우리도 경황이 없었고 말이지."

"그런데 궁금한 것이 있습니다."

"무엇인가?"

"당조웅 공자를 구한 자가 저라는 건 어찌 아셨습니까? 그때 저는 제 이름을 밝힌 적이 없는데 말입니다."

내 물음에 당규정이 웃으며 대답했다.

"조웅이가 기억하고 있었네."

"그랬군요."

그러고 보니 그때 당조웅을 안심시키기 위해 내 이름을 말했었다.

스치듯 한 번 말한 것인데, 그걸 기억하고 있었다니……

"그럼 자네가 머무를 곳을 안내해 주겠네."

당규정 가주가 직접 안내해 준 숙소는 꽤 깊숙한 곳에 있는 별채였다.

별채 하나를 통째로 내주었다는 것은 나를 그만큼 귀하게 대접한다는 의미다.

"그럼 푹 쉬고 내일 점심쯤에 사람을 보내겠네."
"알겠습니다."
 가주와 당조웅을 비롯한 이들이 별채를 나가자마자 팔갑이 감탄했다.
 "이야! 정말 대단한 곳입니다요. 별채라고는 하지만 이게 어떻게 별채입니까요?"
 나도 고개를 끄덕이며 감탄했다.
 "별채라기에는 상당히 크긴 하네."
 여창의 부관은 사천지부에 있겠다고 하여 두고 왔다. 하여 내 일행은 팔갑과 네 명의 호위이다.
 나는 여응암 무사와 이필 무사에게 말했다.
 "우선 두 분께 감사드리고 싶네요. 덕분에 이렇게 사천당가에서 좋은 대접을 받게 되었으니까요."
 "아닙니다."
 "저희는 그저……."
 "제 명령에 따랐을 뿐이라고 말하시겠죠. 하지만 고마운 건 고마운 겁니다. 제 부탁을 들어주셨으니까요."
 나는 말을 이었다.
 "그럼 이제 들어가서 쉬자고요."
 "알겠습니다."
 각자 방을 정하고 안으로 들어갔다. 그 와중에 나는 슬쩍 이필 무사를 보았다.
 아까부터 사천당가 사람들이 이필 무사를 힐끔힐끔 보는 것 같던데…….

뭐지?

서로 아는 사이인가?

방에 들어온 나는 곧바로 침상에 누우려 했지만, 뜻을 이루지 못했다.

탁.

팔갑이 내 어깨를 잡았기 때문이다.

"도련님, 그 먼지투성이 옷 그대로 침상에 누우시는 건 좀 아닌 듯합니다요."

"……무, 무슨 소리야? 나는 씻고 누우려고 했다고."

내 항변에 팔갑이 말했다.

"그런데 왜 씻으러 안 가십니까?"

"수련……."

"네?"

"수련해야지."

그렇다. 나에게는 아직 일과가 남아 있었다.

* * *

탁.

이필 무사는 문을 닫고 방 안으로 들어왔다.

방은 넉넉했기에 일 인당 하나의 방이 배정되었다.

그리고 이곳은 사천당가다.

보통 호위가 두 명씩 짝을 지어 행동하는 건, 그것이 만약의 사태에 대처하기 좋기 때문이다.

하지만 사천당가에서 사천당가의 은인을 해한다는 건 있을 수 없는 일.

굳이 호위 두 명이 한 방을 쓰지 않아도 되었다.

이곳의 안전함은 자신이 무척이나 잘 알고 있었다.

그는 다탁 앞의 의자에 앉아 한숨을 내쉬었다.

"결국, 이곳에 다시 와 버렸군."

신분을 버리고 은서호의 호위로 이곳에 온 지금은 왠지 답답하지 않았다.

'그 전에는 마치 감옥처럼 느껴졌는데 말이지.'

하지만 자신의 얼굴을 아는 이들이 적지 않으니, 곧 자신에 대해 은서호 역시 알게 될 거다.

하지만 그리 걱정되지는 않았다.

그건 그동안 일거수일투족을 함께해 온 은서호가 어떤 사람인지 알기 때문이다.

* * *

다음 날 점심쯤.

우리가 머무는 별채로 한 남자가 찾아왔다.

가주의 부관이었다.

"여러분을 연회장으로 모시라는 가주님의 명을 받아 왔습니다."

"알겠습니다. 잠시만 기다려 주십시오."

우리는 각자 채비를 마치고 그 부관을 따라 연회장으로

향했다.

"은 대협을 모시기 위해서 참 많이 힘들었습니다. 상당히 종횡무진이셔서 말입니다."

"이거 죄송해지네요. 하하하."

"덕분에 저희는 마음 놓고 은 대협을 모실 수 있게 되었습니다. 조웅 도련님을 납치한 자들과 공범이 아님을 확실히 알게 되었으니 말입니다."

"……."

"기분이 나쁘셨다면 송구합니다. 다만 그만큼 저희가 대협을 신뢰한다는 의미로 받아들여 주십시오."

"괜찮습니다. 사천당가 정도 되는 가문에서 함부로 누군가를 믿는 건 위험한 일이니 말입니다."

"이해해 주셔서 감사합니다."

"다만, 다가오는 모두를 의심해야 하는 이런 세태가 참 개탄스러울 따름입니다."

"제가 하고 싶은 말입니다."

사실 난 사천당가의 은인으로 대접받고 싶은 생각은 없었다.

그렇기에 별 신경 쓰지 않고 중원의 이곳저곳을 오간 것이다.

그런 내 행동이 결과적으로 사천당가에게 신뢰를 주었다는 말에 뭔가 묘한 기분이었다.

덕분에 이렇게 쉽게 사천당가에 들어갈 수 있게 되었으니, 이래서 사람 일은 모르는 거다.

"사천당가에는 모두 일곱 개의 연회장이 있습니다. 각각의 연회장은 이름이 붙어 있습니다. 가장 큰 연회장은 목색회장(木色會場)으로, 사천당가의 모든 이들이 다 모일 수 있는 곳입니다."

"상당히 크겠군요."

"그렇습니다. 하지만 일 년에 몇 번 쓰일 일이 없긴 하지요. 하하하."

부관이 말을 이었다.

"여러분들이 가실 곳은 황색회장(黃色會場)으로 귀빈들만 모시는 곳입니다."

곧 우리는 황색회장이라는 곳에 당도했다. 그리고 왜 이름이 황색회장인지 알 수 있었다.

연회장을 황금으로 도배해 놓다시피 했기 때문이다.

와, 심지어 식탁도 황금이네.

"어서들 오게나."

"이런 귀한 자리에 초대해 주시니 감사드립니다."

"무슨 그런 섭섭한 말을 하는가? 자네들이 아니면 이곳에 누가 올 수 있단 말인가?"

가주는 우리를 가운데 식탁 앞에 앉혔다.

연회장에는 가주와 당조웅, 그리고 당조웅의 어머니이자 가주의 세 번째 부인인 홍리(紅莉) 부인이 동석했다.

우리가 앉자마자 각종 요리가 나오기 시작했다.

솔직히 나는 요리는 별로 기대하지 않았다. 사천의 음식은 호북의 음식과는 다르니까.

그런데 앞에 놓이는 음식들은 어딘가 익숙했다.

"설마, 호북의 음식들도 있는 겁니까?"

내 물음에 홍리 부인이 말했다.

"여러분들께서는 호북성의 사람이니, 사천 음식이 입에 맞지 않을까 싶어서 특별히 호북성에서 숙수를 데리고 왔습니다."

이런 세심함이라니…….

"우리 사천당가가 귀빈 대접을 하고자 작정하면 제대로 하는 편이지. 하하하!"

가주의 말에 나는 포권하여 말했다.

"감동해서 순간 눈물이 나올 뻔했습니다."

"하하하. 그리 말해 주니 숙수를 데리고 온 보람이 있구먼. 자자, 들게나."

"감사히 먹겠습니다."

나는 젓가락을 들어 요리를 먹었다.

"와……."

이거 뭐야? 왜 이렇게 맛있어?

"너무 맛있는데요?"

"입에 맞으시다니 다행입니다."

당조웅의 말에 나는 고개를 끄덕였다.

"진짜 맛있네. 너도 많이 먹어."

"네, 대협."

그렇게 한창 맛있게 먹고 있으니, 가주가 흐뭇한 미소를 지었다.

사천당가의 은인 〈295〉

"잘 먹으니 기분이 좋구먼."

"음식이 너무 맛있어서 너무 추태를 부리며 먹은 것이 아닌가 민망합니다."

"아닐세. 사천당가에 손님으로 온 이들이 이렇게 잘 먹는 걸 보는 게 정말 드문 일이라서 말이지."

"아아……."

나는 그 말뜻을 알아차리고 고개를 주억거렸다.

사천당가는 독을 다루는 무가이다.

자신이 먹는 음식에 독이 들어 있을까 봐 겁을 내느라, 음식을 제대로 먹지 못하는 걸 에둘러 말한 거다.

"사천당가 앞에 찔리는 게 많은 이들이 제법 되나 봅니다."

내 말에 가주는 파안대소했다.

"하하하하하!"

정말 시원하게 웃어서 주변의 이들이 깜짝 놀랄 정도였다.

너무 웃어서 맺힌 눈물을 닦으며 가주가 말했다.

"정말 마음에 드는 소협이군! 암! 그렇지! 찔리는 게 있으니 그런 거지."

"이렇게 맛있는 음식들을 제대로 즐기지 못하다니 안타까운 일이긴 합니다."

내 말에 팔갑과 네 명의 호위는 고개를 끄덕였다.

그만큼 음식들이 정말 맛있었다.

"그럼 자네는 우리 사천당가 앞에 당당하다는 의미로군."

"그렇습니다."

"혹 실수로 음식에 독이 들어갔을 수도 있다는 생각은 안 했나?"

"그런 초보적인 실수를 할 정도로 허술한 곳입니까, 이 사천당가가?"

"물론 아니지."

"그리고 가주님께서는 그 독을 해독하지 못할 정도로 실력이 없으십니까?"

"이 사천당가에서 만들어 낸 독이라면 해독하지 못하는 것이 없지."

"그런데 뭐가 문제이고 걱정이겠습니까?"

내 반문에 가주는 다시 한번 파안대소했다. 그리고 당조웅을 보며 말했다.

"조웅이가 귀인을 만났구나."

그 말에 당조웅이 포권하여 말했다.

"소자도 그리 생각합니다."

그렇게 식사가 마무리되었고, 다과와 함께 차가 앞에 놓였다.

나는 찻잔을 들어 맛을 보았다.

"무슨 차인지 알겠는가?"

"수색이 맑고 맛이 신선하면서도 상쾌한 것을 보니, 아미산 고산에서 수확한 차라고 생각됩니다."

"맞네. 역시 차로 유명한 은해상단의 소단주다운 안목이었네."

"보잘것없는 재주를 칭찬하시니, 부끄럽습니다."

"그런데 조웅이를 구했을 때 정확하게 어떤 일이 있었는지 알지 못해서 말이네. 미안하지만 그때의 일을 말해 줄 수 있겠는가?"

그 요청에 나는 고개를 끄덕였다.

"네, 어려울 것 없습니다."

그때 홍리 부인에게 설명했던 것 같은데?

아니었나?

다시 설명한다고 해서 손해 보는 것도 아니고, 가주는 당조웅의 아버지니 그 설명을 들을 자격이 있었다.

나는 사천성에 접어들었을 때를 시작으로, 그에게 당시의 일을 설명했다.

"……해서 납치범들을 제압하여 수레에 실어 사천당가로 온 것입니다."

"그랬군. 결단을 내린 은 소협과 함께 움직여 준 두 무사들께 이 당규정, 감사를 표하네."

그는 자리에서 일어나 포권했다.

이에 우리 역시 얼른 자리에서 일어나 포권했다.

"미력하나마 도움이 되어 정말 다행입니다."

우리는 다시 자리에 앉았다.

가주는 진지한 얼굴로 우리에게 말했다.

"우리 사천당가는 원수도 반드시 갚지만, 은혜 역시 반드시 갚네. 이는 사천당가의 사람이라면 반드시 지켜야 하는 것."

"……."

"하여 내 자네들에게 은혜를 갚을 수 있도록 해 줄 수 있겠나?"

"솔직히 저는 뭔가를 바라고 조웅이를 구한 것이 아닙니다. 그저 유괴범을 보았고 유괴당하는 아이가 있기에 구한 것뿐입니다. 만약 다른 아이였어도 저는 똑같이 행동했을 것입니다."

내 말에 여응암 무사와 이필 무사 역시 고개를 끄덕여 동의를 표했다.

"하지만 제가 계속해서 그 마음을 거절하는 건 사천당가에 짐을 지우는 것이니, 가주님의 청을 받아들이겠습니다."

나는 말을 이었다.

"하지만 지금 당장 필요한 건 없습니다만 언젠가 사천당가의 도움이 필요한 일이 생길 수도 있어 생각한 것이 있습니다."

"무엇인가?"

"훗날 사천당가에 손해가 없고 또 사천당가가 도움을 주어도 무방한 일에 한하여 도움을 주겠다는 확약이 담긴 문서를 주실 수 있으십니까?"

내 요청에 가주는 빙그레 웃었다.

"자네는 참 배려심이 깊어. 두 가지 조건이나 걸면서 확약이 담긴 문서를 요청하는 것을 보니 말이야."

"부끄럽습니다."

"알겠네. 내 은 소협과 두 무사에게 확약이 담긴 문서를 주겠네."

사천당가주의 말에 나는 포권했다.

"감사합니다."

"감사하기는. 그 정도는 해야 내 아들을 구해 준 은혜에 보답이 되겠지."

두 가지 조건을 걸긴 했지만, 솔직히 그건 한 가문으로서 부담이 되는 일이다.

그래서 기대는 하지 않고 던진 요청인데 그걸 흔쾌히 허락한 거다.

하지만 내 진짜 목적은 그게 아니다.

"송구합니다만, 하나 더 청이 있습니다."

내 말에 가주가 되물었다.

"무엇인가?"

"이전부터 사천당가에 대해 많이 들어 봤습니다. 하지만 사천당가를 직접 대한 적이 없었기에 그 소문이 진실인지 아닌지 잘 모릅니다."

"소문이라……."

"이를테면, 사천당가에서 화전민을 잡아다가 강제로 독을 먹인다든지……."

"뭐라? 대체 누가 그런 헛소리를 하는 거지?"

순간, 가주의 몸에서 뿜어져 나오는 기세에 주변 이들의 얼굴이 새파랗게 질렸다.

나는 얼른 손을 저었다.

"그렇다는 이야기입니다. 진정하십시오. 다른 분들이 힘들어합니다."

"아, 갑자기 그 이야기에 열이 올라서 그만. 험험."

"문득 그런 소문들을 듣고 대체 사천당가가 어떤 곳인지 궁금해졌습니다. 하여 드리는 청입니다."

나는 포권하며 말했다.

"사천당가를 견학할 수 있게 해 주십시오."

이것이 내가 이번에 사천당가에 온 목적이다.

형문파의 돌림병.

진호 형의 소단주 공표식 연회를 망칠 뻔했던 산공독.

사천당가의 이곳저곳을 돌아다니다 보면 그것들을 만든 주체가 개인의 짓인지 아니면 사천당가라는 집단의 짓인지 알 수 있을 터.

이를 알아내려는 건 당연히 그에 대한 대응 방안도 달라지기 때문이다.

그러니까 사천당가를 견학하는 건 그 일들의 시작으로서, 아주 중요한 일인 거다.

"음……."

내 말에 가주는 잠시 고민했다.

고민이 될 거다.

사천당가는 채찍과 암기술로 유명하다.

그러나 그보다 더 유명한 것이 바로 독이다.

특히 독이라는 것은 제조법이나 해독법이 중요하기 때문에 이에 대해 알려지거나 하면 매우 곤란해진다.

그래서 무척이나 폐쇄적인 기조를 유지할 수밖에 없었다.

딸이 혼인해도 데릴사위를 들일 정도로 말이다.

그런데 내가 세가를 견학하고 싶다고 하니, 대체 무슨 의도인지 알 수 없어 더 고민이 될 터.

다른 이의 요청이었다면 즉시 거절할 텐데, 가주는 나를 은인으로 대접하겠다고 했으니까.

그때 사천당가주가 입을 열었다.

"혹, 독에 대해 아는가?"

나는 선선히 고개를 끄덕였다.

"압니다."

당가주쯤 되는 이에게 어설프게 거짓을 말해 봤자 금방 들킬 테니까.

"명색이 은해상단의 소단주입니다. 약초를 주력으로 다루는 상인이니 독에 대해 모르지는 않습니다."

"그런가?"

"그리고 저는 상인입니다. 아마 일반인 중에 독에 대해 가장 잘 아는 자들이 상인일 겁니다."

"그건 어째서인가?"

"정당한 거래를 통해 이익을 보는 상인도 있지만, 이익을 위해 부당한 거래를 하는 이들도 있기 때문입니다."

나는 말을 이었다.

"독을 먹여 상대를 압박하거나 죽이는 나쁜 상인이 있으니, 죽지 않기 위해서라도 독을 공부할 수밖에 없습니다."

"뭐라?"

"저는 아직 그런 상인을 만난 적이 없으나 아버지께서는 그런 경우를 몇 번 마주하셨다고 합니다."

"춘부장께서는 괜찮으신가?"

"다행히 제때 해독하거나, 미리 독에 대해 알아차린 덕분에 화를 면하셨습니다."

"그거 다행이로군."

이렇게 말하니 문득 이전 삶이 떠올랐다.

참 어지간히도 독을 많이 썼었지.

겉으론 공명정대한 척하면서 뒤로는 독을 쓰던 비겁한 놈도 있었고.

물론 그런 놈을 가만히 내버려 둘 정도로 내 성격이 좋지는 않아서 말이지.

사천당가주가 다시 물었다.

"그렇다면 자네가 사천당가를 견학하고 싶다는 건 독에 대한 개인적인 지식을 채우기 위함인가?"

"그건 아닙니다."

"아니다?"

"사천당가의 독이 세상에 유출되지 않는 이상, 사천당가의 독에 대한 지식이 왜 필요하겠습니까?"

"하긴, 그렇군."

사천당가주는 고개를 끄덕였다.

"우리 가문의 독이 유출된다면, 그야말로 큰일이니."

사천당가가 폐쇄적인 기조를 유지하는 건 그런 이유도

있었다.

엄청난 위력의 독이다.

그런 독이 세상에 풀린다면 수많은 죄 없는 이들이 죽게 될 테니까.

그건 결국 사천당가의 명예만이 아니라 사천당가의 존속과도 직결된다.

무림공적이나 흑도로 몰릴 수도 있……

어? 잠깐.

무림의 공적이나 흑도로 몰리는 상황에서 무림맹이 손을 내민다면 잡지 않을 자가 있을까?

무림맹이 어떤 수를 써서 사천당가를 손에 넣으려는지 알 것 같다.

"왜 그러는가?"

"아닙니다. 살짝 피곤한 모양입니다."

"저런…… 그 정도나 되는 무공으로도 피곤하다고 하는 것을 보니 업무가 과중한 모양인데 무리해서 데리고 온 것이 아닌가 싶군."

"아닙니다. 덕분에 쉴 수 있으니 감사할 따름입니다. 아무튼, 방금 말씀드렸듯이 저는 상인입니다. 헛소문에 휘둘려서는 이득을 얻을 수 없습니다."

나는 말을 이었다.

"하지만 사천당가에 대한 소문이 진실인지 아닌지 판별하기에는 제 견문이 부족하여 이렇게 청을 드리는 것입니다."

내 말에 사천당가주는 고개를 끄덕였다.

"알겠네. 다른 사람도 아니고 사천당가의 은인이 요청하는 것인데 그 정도도 들어주지 못할 사천당가가 아니지."

"감사합니다."

"조웅이를 납치하려고 했던 자들로 인해 큰 피해를 볼 뻔했는데 이 정도도 들어주지 못한다면 염치가 없지."

나는 가주의 그 말에 '부탁을 들어준다는 확약이 담긴 문서'에 대한 제안을 가주가 받아들인 이유를 알 것 같았다.

당조웅을 납치하려고 했던 이들에게서 사천당가에 뭔가를 요구하려 했음을 알게 된 거다.

그 요구는 분명 사천당가가 큰 손해나 피해를 볼 만한 요구였을 거다.

아, 안타깝네.

이걸 알았다면 좀 더 큰 걸 던져 봤을 텐데.

그래도 욕심을 부리면 안 되지.

"제 과분한 청을 들어주셔서 감사합니다."

"그럼 내일 아침에 부관을 보내겠네."

"오늘 견학해도 됩니다."

"본가가 매우 넓어서 말이지. 지금부터 견학을 시작해도 내일이나 되어야 견학이 끝날 텐데, 괜찮겠나?"

"아……."

나는 얼른 말했다.

사천당가의 은인 〈305〉

"내일 아침이 기다려집니다."

.

.

.

연회가 끝났다.
나는 다시 부관을 따라 내가 머무는 별채로 돌아왔다.
그리고 다탁 앞에 앉았다.
잠시 생각할 것이 있었으니까.
그때였다.
갑자기 누군가의 목소리가 들린 것은.
"역시 네가 맞구나. 그래, 이제 돌아와서 어쩌자는 거냐? 참으로 뻔뻔하구나."
응? 이게 무슨 소리지?
나는 밖으로 나갔다.
마당에는 이필 무사와 처음 보는 한 청년이 서 있었다.
이필 무사 정도의 나이 또래로 보이는 청년이었다.
"사천당가가 싫다고 뛰쳐나가더니……."
그 소란에 나를 비롯하여 다른 호위들도 나왔고, 이에 이필 무사가 당혹스러운 표정을 지었다.
그 청년은 뭔가 오해했는지 의기양양하게 외쳤다.
"내가 정곡을 찔렀나 보구나. 조웅이를 구했던 것도 분명 뭔가 분명 꿍꿍이가 있……."
"당신은 누구십니까?"
내 물음에 청년이 고개를 돌려 나를 보았다.

"누구신데 제 호위무사를 다그치시는 겁니까?"
"호위무사……?"
나는 그에게 말했다.
"별 소란 없이 들어오신 것을 보니, 제가 누군지는 아실 듯합니다만?"
이 별채에는 따로 두 명의 경비무사가 있었다.
그 무사가 출입을 제지하지 않은 것을 보면 제법 높은 위치의 사람이라는 거다.
"아, 실례했습니다. 제 이름은 당준령으로, 사천당가 비금대(飛金隊)의 일 조장으로 있습니다."
"은서호입니다."
나는 내 이름만으로 나를 소개했다.
내 호위무사에게 막 대하는 자에게 나를 온전히 소개하고 싶지는 않았으니까.
"본의 아니게 당 조장님의 말을 듣게 되었습니다. 저희가 당조웅 공자를 구한 건 우연이었으며, 이필 무사는 제 명에 의해 움직인 것뿐입니다."
"……."
"이는 사천당가주님께서도 분명히 하신 점인데 그런 오해를 하는 분을 이리 마주하다니. 참으로 섭섭하군요.
내 말에 당준령은 당혹스러워했다.
"그, 그건……."
하지만 이내 감정을 추스르며 포권했다.
"제가 실언했습니다."

"사과 받아들이겠습니다."

나는 기세를 이어 갔다.

"그럼 왜 제 호위무사에게 언성을 높이셨는지 이유를 듣고 싶습니다."

"그 전에, 제가 먼저 묻죠. 호위무사라니요?"

"이필 무사는 제 호위무사입니다."

내 말에 그는 기가 찬 표정이다.

"사천당가 출신이 일개 상인의 호위라니…… 대체 어디까지 떨어진 것이냐, 당이필!"

당이필?

그럼 설마 이필 무사가 원래 당씨 성을 가진 사천당가 출신이었던 건가?

어쩐지…….

사천 출신에 암기를 상당히 잘 쓴다고 생각은 했지만 사천당가 출신일 거라고는 생각하지도 못했는데 말이지.

하지만 그것뿐이다.

무슨 사정이 있든 이필 무사는 내가 호위로 삼은 호위무사이다.

"일개 상인이라니요? 제 주군을 모욕하지 마십시오."

이필 무사는 나를 '일개 상인'이라고 칭한 것에 대해서 화를 내고 있었다.

이런 사람인데, 내가 어찌 모른 척하겠는가?

"이필 무사님."

"네, 주군."

"아시는 분입니까?"

내 물음에 그는 고개를 끄덕였다.

"네. 제 배다른 형님입니다. 아니, 형님이었습니다. 제가 당가 성을 버리고 집을 뛰쳐나왔으니까요."

"그렇군요."

나는 고개를 돌려 당준령을 보았다.

"그리고 제 호위무사가 뭔가 목적이 있어서 이곳을 방문했다고 오해하시는 듯합니다만, 그건 아닙니다. 이필무사님은 이곳에 오는 것을 달갑지 않아 했습니다."

그건 사실이다.

사천당가에 가야 한다고 했을 때 어딘지 모르게 꺼리는 듯했으니까.

"하지만 사천당가주님께서 당조웅 공자를 구한 이들은 모두 가야 한다고 해서 억지로 오게 된 것입니다."

나는 말을 이었다.

"그리고 저희는 이곳에서 그리 오래 머무르지 않을 것입니다. 제가 일개 상인이긴 하지만 황제 폐하의 성지를 받아 움직이는 만큼 제법 바빠서 말입니다."

"험험."

조리 있는 설명에 그는 헛기침을 했다.

딱 봐도 무안해하는 표정이다.

그럼에도 여전히 자존심을 굽히지 않았다.

"하지만 사천당가의 일원이 상인의 호위무사라니. 이는 있을 수 없는 일이오."

"사천당가의 일원이 제 호위를 하는 것에 대해 사천당가주님이 아셨다면 용납하셨을까요?"

"그야 물론 용납하지 않으셨을 것이오."

"그런데 사천당가주님께서는 이에 대해 아무런 말씀도 하지 않으셨습니다."

"……."

"사천당가주님께서 아무 말씀도 하지 않으신 건 이에 대해 용납하셨다는 의미인데, 굳이 그걸 지적하신다는 건, 가주님의 뜻을 거스르겠다는 의미입니까?"

"큭……."

내 말에 당준령의 얼굴이 일그러졌다.

궁지로 모는 것도 여기까지다.

쥐도 궁지에 몰리면 고양이를 무는 법이다.

슬슬 빠져나갈 길을 열어 줘야지.

나는 웃으며 말했다.

"집을 나간 동생분이 걱정되어서 그런 건 압니다. 하지만 잘 지내고 있으니 걱정하지 않으셔도 됩니다."

나는 공손하게 말을 이었다.

"그러니 심려하지 마시고 돌아가시지요."

"후우, 뭐, 그리 말하니 믿고 돌아가겠소. 더 이상 사천당가를 욕되게 하는 일이 없었으면 좋겠지만 말이오."

그렇게 당준령은 별채를 나섰다.

후, 드디어 갔네.

이필 무사가 작게 한숨을 내쉬며 말했다.

"누군가 찾아올 건 예상했지만, 저 형님이 찾아올 줄은 몰랐습니다. 그래서 곤란했는데…… 도와주셔서 감사합니다."

"뭘요. 제 호위무사가 곤란해하는데 주군으로서 당연히 참견해야죠."

"그런데…… 사정은 묻지 않으시는 겁니까?"

"좋았으면 이곳을 뛰쳐나왔겠습니까? 못 견디게 싫으니까 뛰쳐나왔겠지요."

"……."

"좋지 않은 기억을 굳이 들추고 싶지는 않습니다."

내 말에 그는 미소 지었다.

"참으로 좋은 분입니다, 주군은."

"그걸 이제야 아셨습니까?"

서우 무사가 웃으며 분위기를 풀고자 끼어들었다.

"저는 진즉에 알고 있었습니다."

이에 여응암 무사도 피식 웃었다.

"나 역시 진즉 알고 있던 것인데, 너는 이제야 알게 되다니. 실망이다."

그 농담에 이필 무사가 옅게 웃어 보였다.

"무사님들도 참 좋은 분입니다. 무사님들이 제 형님들이었다면 저는 이곳을 뛰쳐나오지 않았을 겁니다."

"그러니까 앞으로 잘해라."

여응암 무사의 말에 그는 피식 웃었다.

"사실 제 어머니는 가난한 화전민 출신이었습니다."

사천당가의 은인 〈311〉

갑자기 꺼낸 말에 분위기가 무거워졌다. 하지만 이필 무사는 담담하게 말을 이어 갔다.

"상처를 입고 숲에 쓰러져 있던 아버지를 구해 주었고, 어쩌다 보니…… 저를 가지게 되었습니다."

표정이 마치 자신의 이야기를 하는 것 같지가 않았다.

그만큼 가슴에 사무치는 속내가 있다는 의미일 거다.

이필 무사는 말을 이어 갔다.

"하지만 당시에는 그걸 모르고 아버지는 떠나셨죠. 나중에 어머니는 저를 데리고 사천당가를 찾아오셨습니다."

어찌어찌 이필 무사는 사천당가에 받아들여졌을 거다.

"배곯지 않게 해 주신 건 고맙지만, 글쎄요. 저는 사천당가에 와서도 늘 배가 고팠습니다."

그게 무슨 소리지?

이런 부유한 곳에서 배가 고팠다고?

은유적인 의미인가?

"어머니는 금방 돌아가셨습니다. 애초에 병에 걸려 가망이 없으셨기에 저를 이곳에 맡긴 것이었습니다."

그는 쓴웃음을 지었다.

"하지만 사천당가는 저에게 친절한 곳이 아니더군요. 언제나 구박받는 존재였으니까요. 하지만 암기를 다루는 제 재능이 뛰어났고 그게 문제였습니다. 형들의 괴롭힘이 점점 심해졌고 결국 저는 사천당가의 성을 포기하겠다는 서신을 써 놓고 열여덟 살에 가출해 버렸습니다."

"그래서, 어떻게 살았나?"

"낭인으로 떠돌다가 은해상단에서 무사들을 구한다는 공고를 보고 지원했고, 지금은 주군의 호위무사가 되었죠."

담담하게 말했지만, 실제로도 그렇게 담담한 일이었을까?

아니, 분노하지 않고 담담하게 말한다는 건 분노의 한계를 넘었다는 거다.

체념했다는 것.

이필 무사를 진심으로 위로했다.

"고생 많으셨네요."

"그래도 지금은 행복합니다."

"그런데 열여덟 살에 가출했음에도 그렇게 암기를 잘 다룬다는 건 재능이 상당했다는 건데."

여웅암 무사의 말에 두 무사도 고개를 끄덕였다.

아까 당준령의 눈빛에서 뭔가 불안함이 느껴졌었는데, 그게 뭔지 알 것 같았다.

자신의 자리를 뺏기게 될까 두려웠던 거다.

자신보다 훨씬 재능이 뛰어났고, 사천당가는 실력 위주의 가문이었으니까.

그래서 괴롭힌 거였나?

참 치졸하네.

"살다 보니 이런 날도 오는군요. 사천당가의 은인이 되고, 또 그 황색회장에서 배불리 음식도 먹어 보고 말입니

사천당가의 은인 〈313〉

다. 하하하."

그 웃음에서 눈물이 배어 나오는 듯했다.

그런데 여기서 가장 중요한 질문이 있었다. 그 질문을 해야 하나 말아야 하나 고민할 때 진유 무사가 말했다.

"그런데 말입니다, 이필 무사님."

"네."

"이필 무사님의 아버지가 누굽니까?"

바로 이 질문이다.

"진유 무사님, 그 질문은……."

내가 그를 제지하려고 했지만, 이필 무사는 순순히 입을 열었다.

"제 아버지는…… 전대 가주의 동생이자, 현 가주의 숙부입니다."

그는 말을 이었다.

"다행히도 지금 이곳에는 계시지 않습니다. 무림맹에 파견을 나가 계시니까요."

뭐?

무림맹?

무림맹이 어떤 곳인지 알고 있는 나에게는 그 말이 예사로 들리지 않았다.

* * *

당규정은 연회를 마치고 자신의 집무실로 돌아왔다.

이렇게 즐거운 연회는 정말 오랜만이었다.
'은서호라…… 인재로군.'
사천당가는 인재 욕심이 많은 가문인 만큼 당규정 역시 인재 욕심이 무척이나 많았다.
그런 그에게 은서호라는 상인은 참으로 탐이 났다.
자신의 막둥이 아들을 구해 준 자가 은서호라는 것을 알게 되자, 그는 가문의 정보원들을 동원하여 은밀히 그에 관해 조사했다.
그리고 은서호의 행적에 대해 알게 되었다.
불과 삼 년 정도 전까지만 해도 은해상단은 호북성에서 열 손가락 안에 드는 정도의 상단이었다.
하지만 은서호가 본격적으로 상단의 일에 관여하기 시작하면서 급성장했고, 지금은 호북성에서 세 손가락 안에 드는 상단이 되었다.
듣기로는 이번 동지 때 황실에서 발표하는 상단의 순위로 오십 위 안에 확실히 들 것이라 했다.
은서호의 능력이 그런 성장을 이룬 것이 분명했다.
'게다가 그 배포와 현명함까지 갖추었으니…….'
그게 아니라면, 아무리 화려한 곳에서 맛있는 음식들을 접대했다 하더라도 그렇게 음식을 맛나게 먹지는 못했을 거다.
그건 어쩔 수 없었다.
사천당가라는 이름이 주는 공포감 때문이었으니까.
그렇다고 그 공포감을 포기하고 친근하게 다가가는 건

사천당가의 은인 〈315〉

애초에 불가능했다.

독이라는 것이 그리 친근한 물건은 아니었으니까.

결국, 그렇게 사천당가는 두려운 곳이 되었고, 연회에 초대해도 마지못해 와서 마지못해 음식을 먹는 것이 당연하게 되어 버린 거다.

하지만 은서호는 연회장에서 음식을 즐겁게 먹었고 그게 당규정에게 좋게 보였다.

'이제 겨우 열여덟 살인데 말이지.'

게다가 그가 한 말 역시 그의 마음에 쏙 들었다.

'혼사를 한번 추진해 봐?'

데릴사위로 삼고 싶은 마음이 무럭무럭 솟아오르기 시작했다.

은서호를 떠올리던 당규정은 문득 다른 한 명이 떠올랐다.

'그 녀석……'

은서호가 이필 무사라고 부르는 자다.

그의 본명은 당이필.

막내 숙부가 밖에서 낳은 아들이다.

이필을 어릴 때부터 보아 왔고, 그렇기에 그가 언제나 혼자 있었다는 것을 알고 있었다.

암기를 다루는 재능이 무척이나 뛰어났고, 그걸 보며 역시 씨도둑질은 못 하는구나 싶었다.

막내 숙부 역시 암기에 재능이 있었으니까.

그는 암기를 다루는 고수가 필요하다는 무림맹의 요청

에 현재 무림맹에 암기를 교육하는 훈련관으로 파견되어 있다.

"흐음……."

그는 침음을 흘렸다.

이필이 이런저런 괴롭힘을 당하던 모습을 본 기억이 떠올랐으니까.

물론 볼 때마다 말렸지만 문제는 그를 괴롭히던 이들은 대부분 그의 배다른 형제들이었다는 거다.

그게 이필을 더 힘들게 했을 거다.

결국, 그는 열여덟 살 때 집을 나갔다.

그가 남긴 서신에는 사천당가의 당가 성을 포기하며, 아무것도 필요 없고 아무것도 원하지 않으니 제발 자신을 찾지 말라고 적혀 있었다.

주변에서는 당장 수색대를 꾸려서 사천당가의 이름에 먹칠하기 전에 얼른 이필을 찾아와야 한다고 했다.

하지만 반대한 자가 있었다.

그는 놀랍게도 이필의 아버지였다.

"가주, 그 녀석은 그냥 놔주십시오."

"어째서입니까, 숙부님?"

"못난 아비 때문에 이곳에서 너무나도 많은 상처를 입은 녀석입니다. 그 녀석에게는 차라리 가문 밖이 더 행복할 것입니다."

"하지만 밖은 위험합니다."

사천당가의 은인 〈317〉

"그깟 위험에 노출될 정도로 약하지는 않습니다. 그리고 그 녀석에게는 가문 안에 있는 것이 더 위험합니다."

"……."

"다행히 그 녀석은 가문의 직계나 방계들이 익히는 무공은 익히지 않았습니다. 봉신가의 이들이 익히는 무공까지만 익혔으니 이 점을 들어서 그 녀석을 찾지 않는 것으로 결정해 주십시오."

그 간곡한 청에 결국 당규정은 그 일을 그렇게 처리했다.

그런데 은서호의 호위무사가 된 그와 마주한 것이다.

게다가 자신의 아들을 구해 주기까지 했다.

처음에는 적잖게 놀랐고, 인사라도 할까 싶었다.

하지만 그건 자신이 내린 명을 자신이 어기는 것이 되어 버리는 거다.

그렇기에 그가 선택한 건 '모르는 사람'으로 대하는 것이었다.

그런 그의 의도를 알아차린 이들 역시 이필에게 말을 걸거나 하지 않았다.

당가의 사람이 아닌 '가문 밖의 사람'으로 대하면서부터 이필의 표정은 점점 편해지기 시작했다.

그리고 아까 연회장에서 그 역시 무척이나 맛있게 음식을 먹었다.

사천당가 안에 있을 때의 이필은 언제나 밥을 끼적거렸었다.

그렇기에 맛있게 식사를 하는 그 모습에, 뭔가 흐뭇하면서도 안쓰러웠다.

"가주님, 저 들어가겠습니다."

그때 문이 열리고 부관이 들어왔다.

"은서호 소협 일행은 별채에 잘 데려다주었는가?"

"네."

그런데 그 부관이 머뭇거렸다.

"할 말이 더 있는 듯한데?"

"저, 그게…… 당준령 조장이 별채에 찾아갔습니다."

"별채에? 은서호 소협을 만나러?"

"아닙니다. 당이필…… 아니, 이필 무사를 만났습니다."

그 말에 당규정은 한숨을 내쉬었다.

"쓸데없는 짓을……."

* * *

다음 날 아침.

나는 팔갑과 함께 별채 안의 식당으로 갔다.

"어서 오십시오."

"좋은 아침입니다."

이미 호위무사들은 식당에 와 있었다.

원래 나를 호위하며 함께 식당에 와야 하지만, 나는 이곳에서는 그럴 필요가 없다고 못 박았기 때문이다.

어제는 너무 많이 먹은 탓에 저녁은 먹지 못했다. 그래서인지 오늘 아침은 유독 배가 고팠다.
이상하게 전날 잘 먹으면 다음 날 배가 더 고프단 말이지.
곧 별채에 딸린 하녀들이 음식을 내오기 시작했다.
탕을 비롯한 요리들과 함께, 쌀밥이 나왔다.
사천당가에서는 아침에 쌀밥을 먹는다고 했었지.
"잘 먹겠습니다."
나는 그리 말하며 젓가락을 들었고, 이에 다른 이들도 모두 젓가락을 들었다.
그런데 내 눈에 이필 무사가 밥을 뒤적이고 있는 것이 보였다.
그러고 보니……
이전에도 그렇고, 이필 무사가 식사를 할 때면 항상 자신의 몫으로 나온 음식을 뒤적거린 후 먹었다.
그 전에는 그냥 버릇인가 싶었다.
하지만 저런 버릇이 그냥 생기는 건 아닌데?
마치 자신의 음식 안에 들어가 있는 뭔가를 찾는 듯한 행동이지만, 그건 무사로서 경험하는 그런 위험에 대한 행동은 아니다.
객잔으로 가장한 도둑들의 소굴에서는 보통 독을 사용했기에, 주변에 맴도는 벌레의 유무를 살피거나 독을 검출하는 도구를 사용했으니까.
하지만 저렇게 음식을 뒤적인다는 건 독이 아닌 다른 무언가가 자신의 음식에 들어가 있던 경험이 있었다는 의미다.
 잠깐.
 독이 아닌 무언가?
 나는 어제 이필 무사와의 대화에서 흘려들었던 말을 떠올렸다.

 "배곯지 않게 해 주신 건 고맙지만, 글쎄요. 저는 사천당가에 와서도 늘 배가 고팠습니다."

 물질적으로 풍족한 이곳에서 배가 고팠다는 그 말은 비유적인 의미가 아니던 거다.
 말 그대로 배가 고팠던 거다.
 자신의 식사 안에 뭔가가 들어가 있었으니까.
 모래든, 사금파리든, 벌레든.
 그래서 저런 버릇이 생긴 거다.
 그렇다면 누가 그런 못된 짓을 했을까?
 실행하기는 식사를 담당한 하녀들이 했을 거다. 하지만 그게 그들의 의지였을까?
 아무리 가문의 적자가 아니라고 해도 사천당가의 사람의 식사에 장난질한다고?
 감히?
 답은 간단하게 나왔다.
 사천당가의 다른 혈족, 특히 배다른 형제나 그 어미의 지시일 터.

하! 미치겠네.

솔직히 나는 그런 이필 무사의 마음에 공감할 수 없다.

내 두 형은 너무나도 좋은 사람이고 나를 위해서라면 물불을 가리지 않았으니까.

내가 직접 그걸 겪지 못했는데 공감한다는 건 기만이다.

하지만 여기까지 생각이 이르자 속에서 열불이 치솟았다. 내 머리는 빠르게 차가워졌다.

이건 내 추측에 불과하다.

하지만 이게 진실이라면 나는 이걸 묻어 두고 싶은 생각이 없다.

반드시 그 죗값을 물게 할 것이다.

누구는 철없는 장난질에 뭘 그렇게까지 하느냐고 할지도 모른다.

그러나 그 철없는 장난 때문에 이필 무사는 큰 상처를 입었다.

다른 사람도 아닌 내 호위무사가 말이다.

내가 사천당가에 온 건, 사천당가에 암약하고 있는 무림맹의 손발을 잘라 버리기 위해서다.

하지만 지금, 해야 할 일이 한 가지 더 생겼다.

"도련님, 왜 그러십니까요?"

그때 팔갑이 나를 보며 고개를 갸웃했다.

"어?"

"갑자기 얼굴이 굳어지셔서 돌이라도 씹으셨나 했습니다요."

"아, 아무것도 아니야. 잠시 생각할 게 있어서."

아침을 먹고 후식으로 나온 과자와 차까지 마시고 나자, 사천당가주의 부관이 별채로 찾아왔다.
"간밤에는 편안하셨는지요?"
"네. 덕분에 편안한 밤을 보냈습니다."
그런데 부관의 뒤에 한 소저가 서 있었다.
사천당가 특유의 당당함과 기품이 서린 그녀를 보자마자 나는 그녀가 누군지 알 것 같았다.
사천당가주의 부관이 말했다.
"소개드리겠습니다. 이분은 가주님의 다섯째 따님이십니다."
그녀가 포권했다.
"당수빈(唐水彬)이라고 합니다."
"은서호입니다."
내가 겪은 지난 삶에서 훗날 사천당가의 홍옥이라 불리던 소저다.
그녀는 가주가 가장 아꼈던 딸이자, 사천당가의 자랑이었다.
그녀의 특기는 용독술과 하독술.
독에 관해 재능이 넘쳤고, 또한 언제 독을 뿌렸는지도 모르게 하독할 수 있었다.
하지만 그렇게 빛났던 그녀는 너무나 빨리 그 빛을 잃고 말았다.

무림맹에 파견을 나갔고, 임무 도중에 사망한 거다.

사천당가로서는 참으로 안타까운 일이었다.

하지만 그건 훗날의 일.

그 유명 인사가 왜 이곳에 온 거지?

사천당가주의 부관이 말을 이었다.

"오늘 수빈 아가씨께서 은 대협과 여러분께 사천당가를 안내해 주실 겁니다."

살짝 당혹스러웠다.

안내인을 붙여 줄 거라고 생각은 했지만, 그 안내인으로 당수빈 소저를 붙여 주다니 말이다.

하지만 얼굴로 당혹스러움을 내보이는 실수는 하지 않았다.

"잘 부탁드리겠습니다, 소저."

"잘생겼다고 듣긴 했는데, 정말 잘생기셨네요. 눈이 정화되는 기분이에요."

그 말에 가주의 부관이 난감한 표정을 지었다.

"아가씨, 그런 언행은……."

아…….

그러고 보니 당수빈 소저, 대놓고 얼굴을 밝히는 것으로 유명했었지.

(은해상단 막내아들 6권에서 계속)